ABI 2024

Auf einen Blick

Geschichte

Niedersachsen

STARK

Bildnachweis

S. 8: Foto: Dean Franklin/wikipedia, CC BY 2.0
S. 24: Bain News Service, 1915
S. 26: Bundesarchiv, B 145 Bild-F051656-1395, Fotograf: unbekannt, 1919, CC-BY-SA 3.0
S. 28: Bundesarchiv, Bild 102-03034 Georg Pahl/11. August 1926/CC-BY-SA 3.0
S. 34: Bain News Service, vmtl. 1927
S. 36: Franklin D. Roosevelt Presidential Library and Museum, Photo by Lewis W. Hine, 1935
S. 38: Bundesarchiv, Plak 002-016-047, Grafiker: Mjölnir [Schweitzer, Hans], 1932
S. 40: Foto: Christian Michelides/wikipedia, CC BY-SA 4.0
S. 42: picture-alliance/dpa | epa Sipa

Inhalt

3 Was erwartet mich?

Amerikanische Unabhängigkeit – „American Revolution“

4 Vorgeschichte der „American Revolution“

6 Verlauf der „American Revolution“

8 Folgen der „American Revolution“

China und die imperialistischen Mächte

10 Selbstverständnis und Weltbild der Chinesen

12 Selbstverständnis und Weltbild der Europäer

14 Kontakte Chinas mit den imperialistischen Mächten

16 Reaktionen Chinas auf die Durchdringung

18 Japan zur Zeit des Imperialismus

20 Das Ende des chinesischen Kaiserreichs

Zwischen Krise und Modernisierung – Die Gesellschaft der Weimarer Republik

22 Die Novemberrevolution 1918/19

24 Die Weimarer Verfassung 1919

26 Der Versailler Vertrag 1919

28 Parteien und Milieus

30 Antidemokratische Bedrohungen der Republik

32 Das Krisenjahr 1923

34 „Ära Stresemann“ und „Goldene Zwanziger“

36 Das Scheitern der Weimarer Republik I

38 Das Scheitern der Weimarer Republik II

Nationale Gedenk- und Feiertage in verschiedenen Ländern

40 Historische Erinnerung

42 Beispiele I: international

44 Beispiele II: Deutschland

Was erwartet mich?

Die **Themen der verbindlichen Wahlmodule des Geschichtsabiturs in Niedersachsen 2024** sind breit gestreut und reichen von der „American Revolution" über Chinas Kontakt mit den imperialistischen Mächten bis hin zur Entwicklung der Gesellschaft der Weimarer Republik. Dazu kommt die Beschäftigung mit der Geschichts- und Erinnerungskultur, im **Abitur 2024** speziell mit nationalen Gedenk- und Feiertagen in Deutschland und in weiteren Ländern.
Bei diesen auch zeitlich weit gespannten Themen ist es nicht immer leicht, den Überblick zu behalten. Ihnen dabei zu helfen, ist das Hauptanliegen des vorliegenden Büchleins, das nach dem Doppelseiten-Prinzip aufgebaut ist.

- Jede Doppelseite beginnt mit einem **Schaubild**, das ein schnelles Erfassen des Themas ermöglicht und seine zentralen Merkmale veranschaulicht. Durch die grafische Gestaltung werden Zusammenhänge auf einen Blick deutlich und sind leichter zu behalten.
- Die **historische Abbildung** neben jedem Schaubild gibt einen Einblick in die behandelte Zeit und kann als Merkhilfe dienen.
- Die **Gliederung** des Büchleins folgt den inhaltlichen Vorgaben der vom niedersächsischen Kultusministerium erlassenen verbindlichen Wahlmodule, um eine optimale Vorbereitung auf das Abitur zu ermöglichen. Dabei sind die einzelnen **Lehrplaninhalte** auf **Doppelseiten** prägnant in **Stichpunkten** dargestellt. Auf diese Weise lassen sich die zentralen Aspekte schnell erfassen und leichter merken.
  - Das erste Kapitel behandelt die **„American Revolution"**, also **Amerikas Weg in die Unabhängigkeit**. Es geht dabei sowohl auf die Vorgeschichte und den Verlauf der „American Revolution" ein als auch auf deren Folgen.
  - Das Kapitel zu **China im Zeitalter des Imperialismus** beschäftigt sich zunächst mit Weltbild und Selbstverständnis der Chinesen und Europäer im 19. Jahrhundert, um anschließend den Kontakt zwischen China und den imperialistischen Mächten in den Blick zu nehmen. Dabei umfasst es sowohl die erzwungene Öffnung des Landes durch die ausländischen Mächte als auch die Reaktionen Chinas auf die Einflussnahme von außen. Auf einer Doppelseite wird zudem Japan als Vergleichsnation herangezogen. Abgerundet wird die Einheit mit einem Überblick über die Entwicklung Chinas vom Kaiserreich zur Republik.
  - Das dritte Kapitel konzentriert sich auf die Entwicklung der **Gesellschaft in der Zeit der Weimarer Republik**. Es geht zunächst auf die Gründungsphase 1918/19 ein und betrachtet die Novemberrevolution, die Weimarer Verfassung, den Versailler Vertrag sowie die Träger und Gegner der Republik. Nach einem Überblick über die relativ stabilen Jahre 1924–1928/29 widmen sich die abschließenden Doppelseiten der unruhigen Endphase von Weimar und dem letztendlichen Scheitern der ersten deutschen Demokratie 1929–1933.
  - Das letzte inhaltliche Kapitel beschäftigt sich mit Themen der **Geschichts- und Erinnerungskultur**. Dabei gibt es sowohl einen Überblick über gängige Theoriemodelle als auch über ausgewählte **nationale Gedenk- und Feiertage** in Deutschland und in weiteren Ländern.

Der STARK Verlag wünscht Ihnen bei der Arbeit mit dem Buch viel Freude und für das Abitur viel Erfolg!

Auf einen Blick

Krise der britischen Kolonialherrschaft

Maßnahmen der britischen Regierung	Reaktionen in den Kolonien
• Sugar Act und Currency Act (1764)	→ Zorn über wirtschaftliche Benachteiligung
• Stamp Act (1765)	→ Stempelsteuer-Unruhen → Stempelsteuerkongress („No Taxation without Representation")
• Stationierung britischer Regimenter in Boston (1768)	→ „Massaker von Boston"
• Teegesetze (1773)	→ „Boston Tea Party"
• „Zwangsgesetze" (1773)	→ Formierung einer interkolonialen Widerstandsbewegung

> zunehmende Frontstellung zwischen dem britischen Mutterland und seinen nordamerikanischen Kolonien

Gesellschaft in den Kolonien

- 16.–18. Jahrhundert: Entstehung von **13 britischen Kolonien** an der Ostküste Nordamerikas als Siedlungskolonien → zunächst **„wohlwollende Vernachlässigung"** („salutary neglect") von englischer Seite und **weitgehende Selbstverwaltung** der Siedler
- später verstärktes Interesse der britischen Regierung an den Kolonien → **zunehmende Anzahl königlicher Kolonien** mit Gouverneur (Vertreter der Krone), Council (ernannter Rat) und Assembly (gewählte Versammlung mit Finanzhoheit) = Angleichung der politischen Strukturen innerhalb der einzelnen Kolonien
- **Glorious Revolution** 1688/89 in England: Verschiebung des politischen Gleichgewichts durch Stärkung der Rechte des Parlaments gegenüber dem König → **Verbesserung der Position der Assemblies** in den Kolonien, was Herrschaft im Sinne der britischen Kolonialpolitik erschwert
- wachsende Besiedlung der englischen Kolonien → **Ausdehnung nach Westen** und zunehmende Eigenständigkeit
- je nach Region **unterschiedliche Entwicklung** der Kolonien:
  - **Neuengland** im Norden: Fischerei, Schiffbau und Überseehandel der Puritaner; kapitalkräftiges Bürgertum in den Hafenstädten, v. a. Boston und Philadelphia
  - **Kolonien am mittleren Atlantik um Pennsylvania:** Kornkammern Nordamerikas
  - **Süden:** Pflanzeraristokratie, die Sklaverei betreibt
- relative Isolation der weit verstreuten Siedlungen → **hoher Stellenwert von Eigenverantwortung** und Eigeninitiative
- schleichende **Erosion der britischen Macht** in amerikanischen Kolonien

„French and Indian War" (1754–1763)

- 1752/53: **Konkurrenz um Kolonien zwischen England und Frankreich** → auf beiden Seiten Errichtung von Forts und erste kriegerische Auseinandersetzungen in Nordamerika
- **Bündnisse** der Kolonialmächte **mit** befreundeten **„Indianerstämmen"** („French and Indian War"; in Europa bezeichnet als „Siebenjähriger Krieg" 1756–1763: Kolonialkonflikt als Teil des Kampfes zwischen Preußen/England und Österreich/Frankreich um Vorherrschaft in Europa)

- jahrelange **verlustreiche Kämpfe**, bei denen auf britischer Seite auch Bewohner der Kolonien als Soldaten eingesetzt werden
- **Sieg Großbritanniens** → Frieden von Paris 1763: Frankreich muss seine Kolonien (Kanada) an Großbritannien abtreten = **Verdrängung Frankreichs** vom nordamerikanischen Kontinent → Großbritannien auf dem Höhepunkt seiner Macht in Nordamerika
- **Staatsverschuldung** in Großbritannien durch Kriegskosten → Streben nach stärkerer **Kontrolle** sowie nach **Beteiligung der Kolonien an Finanzierung** ihrer Verwaltung
- **Stationierung britischer Truppen** in Nordamerika

Krise der britischen Kolonialherrschaft (1763–1775)

- **Königliche Proklamation** vom 7. Oktober 1763: Festlegung des Hauptkamms der Appalachen als westliche Grenze für Besiedlung, um Konflikte zwischen Siedlern und der indigenen amerikanischen Bevölkerung zu vermeiden → **häufige Missachtung durch Kolonisten**, die dieses Gesetz als unzulässigen Eingriff in ihre Freiheit empfinden
- 1764: Amerikanisches Fiskalgesetz (American Duties Act, bekannt als **Sugar Act**) zur **schärferen Kontrolle der erhobenen Zölle** für nach Amerika eingeführte Produkte; Währungsgesetz **(Currency Act)** mit Verbot, Papiergeld auszugeben und Schulden in Kolonialwährung zu begleichen → **Zorn der Kolonisten** über wirtschaftliche Benachteiligung und Eingriff in ihre Rechte
- 1765: Einquartierungsgesetz **(Quartering Act)** über Pflicht zur Unterstützung der britischen Truppen; Stempelsteuergesetz **(Stamp Act)** über Besteuerung öffentlicher Schriftstücke → zunehmende, zum Teil auch radikale Proteste **(Stempelsteuer-Unruhen):** Bildung von **Geheimorganisationen** („Sons of Liberty") und zunehmende **Politisierung** der Bevölkerung
- erste Bemühungen um kolonienübergreifende Zusammenarbeit und **Koordination des Widerstands** auf **Stempelsteuerkongress:** Forderung nach Rücknahme des Stempelsteuergesetzes → Begründung: Stempelsteuer sei „verfassungswidrig", weil die Kolonien nicht im Parlament von Westminster vertreten seien **(„No Taxation without Representation")**
- **Importboykott** der Kaufleute von New York, Philadelphia und Boston sowie Blockade der neuen Zolleinrichtungen → 1766: **Rücknahme des Stempelsteuergesetzes**, aber Bekräftigung des Rechts, jedwedes Gesetz für Kolonien erlassen zu können **(Declaratory Act)**
- Verschärfung der Krise durch **Townshend-Gesetz** von 1767: Erhebung von **Einfuhrzöllen** und Übertragung weitreichender Vollmachten auf Zollbeamte → **Massenproteste und weitere Importboykotte**
- 1. Oktober 1768: **Stationierung zweier britischer Regimenter** in Boston → 5. März 1770: Tötung von fünf Demonstranten durch britische Soldaten **(„Massaker von Boston")** → britische Regierung ist gezwungen, Soldaten abzuziehen und Townshend-Zölle aufzuheben
- ab 1771: Entstehung von **Korrespondenzkomitees** in Kolonien, um die Kommunikation untereinander zu erleichtern
- Mai 1773: Verabschiedung des **Teegesetzes**, um drohenden Bankrott der „East India Company" abzuwenden → Aufruf zum Boykott des Tees in Kolonien → Weigerung des Gouverneurs, Teeschiffe nach England zurückzuschicken, woraufhin als „Indianer" verkleidete Männer in Schiffe eindringen und Tee ins Meer werfen **(„Boston Tea Party")**
- Beschluss von **drakonischen Maßnahmen** („Zwangsgesetze") als Reaktion auf „Boston Tea Party", z. B. Auflösung der Abgeordnetenhäuser in einzelnen Kolonien

→ Mobilisierung der kolonialen Elite und **Formierung einer interkolonialen Widerstandsbewegung:** Importboykotte, Wahl von Delegierten für Kontinentalkongress

Auf einen Blick

Verlauf der „American Revolution“

Ursachen

zunehmende Einmischung der britischen Regierung in Belange der Kolonien:

- finanzielle Belastung der Kolonien durch britische Besteuerung
- Begrenzung des Besiedlungsgebiets

Anlass

- „Boston Tea Party“ (1773) → „Zwangsgesetze“

Verlauf

- Erster Kontinentalkongress (1774) → Erklärung der Rechte der Kolonisten
- Ausbruch des Unabhängigkeitskriegs (1775)
- Zweiter Kontinentalkongress (1775 – 1781) → Staatenverfassungen
- Unabhängigkeitserklärung (4.7.1776)
- Anerkennung der amerikanischen Unabhängigkeit im Friedensvertrag von Paris (3.9.1783)

Folgen

- Gründung der Vereinigten Staaten in den Articles of Confederation (1781)
- Ausarbeitung einer neuen Verfassung (1787)
- Wahl George Washingtons zum ersten Präsidenten der USA (1789)

George Washington

Erster Kontinentalkongress 1774

- **Teilnehmer:** Delegierte aus zwölf der dreizehn Kolonien
- **Veranstaltungsort:** Philadelphia
- Herausbildung von zwei Gruppen:
  - **Radikale (Patrioten):** kompromisslose Haltung gegenüber Großbritannien
  - **Gemäßigte (Loyalisten):** Versuche, durch Union mit Großbritannien Kluft zwischen den Kolonien und dem Mutterland zu überwinden
- Allianz zwischen Anhängern der „Sons of Liberty“ und radikalerer Mittelschicht: Bekenntnis zur Volkssouveränität und **Ablehnung der britischen „Zwangsgesetze“** als verfassungswidrig
- 1. Oktober 1774: **Erklärung der Rechte der Kolonisten** (Vorwegnahme der späteren Unabhängigkeitserklärung), v. a. Betonung der Rechte auf Leben, Freiheit und Eigentum
- **Beschlüsse:** Solidarität der Kolonien untereinander, **Handels- und Konsumboykott**, Volksbewaffnung in allen Kolonien

Zweiter Kontinentalkongress (1775 – 1781)

- Übernahme der **Aufgaben einer nationalen Regierung:**
  - Ausrufung des **Verteidigungszustands** für alle Kolonien
  - Überwachung der Einhaltung der **Boykottbeschlüsse**
  - Aufstellung einer **Kontinentalarmee** unter dem Oberbefehl von George Washington
- **Kriegsziele der Amerikaner:** zunächst nur **Verteidigung der Rechte** der Kolonisten und Aussöhnung mit Großbritannien (Palmzweig-Petition an George III.), erst ab 1776 Forderung nach **Unabhängigkeit**
- 1776: Empfehlung an Provinzialkongresse der einzelnen Kolonien, neue Verfassungen auszuarbeiten → Inhalte der meisten **Staatenverfassungen** stellen Kompromiss zwischen revolutionären Prinzipien und politischen Erfahrungen der Kolonialzeit dar

- **Gewaltenteilung** zwischen **Zweikammerparlament** (Repräsentantenhaus und Senat) und **Gouverneur** als Chef der Exekutive
- erst **allmähliche Durchsetzung der Judikative** als unabhängige dritte Kraft
- **Begrenzung der Amtszeiten**, um Bürger vor Machtmissbrauch zu schützen
- an Besitz gebundenes **Zensuswahlrecht**
- **Grundrechteerklärungen**
- in **Pennsylvania** kurzzeitig **radikaldemokratische Verfassung**, 1790 aber Angleichung an übrige Verfassungen

Unabhängigkeitserklärung (Declaration of Independence)

- Januar 1776: Erscheinen der politischen **Flugschrift *Common Sense*** von Thomas Paine, die für die dreizehn Kolonien die **Unabhängigkeit** fordert → weite Verbreitung und große Popularität
- **4. Juli 1776:** Billigung der maßgeblich von **Thomas Jefferson** verfassten **Unabhängigkeitserklärung** (Declaration of Independence) des Kontinentalkongresses durch die Delegierten → heutiger Nationalfeiertag der USA am 4. Juli
  - **Gleichheitspostulat** („all men are created equal") im Sinne der Rechtsgleichheit → **unveräußerliche Rechte des Menschen:** Leben, Freiheit und Streben nach Glück
  - **Volkssouveränität:** Pflicht der Regierungen, Rechte der Bürger zu sichern → Möglichkeit, eine Regierung bei Zuwiderhandeln abzusetzen
  - **Begründung der Unabhängigkeit** mit Tyrannei des Königs gegenüber seinen Untertanen in den Kolonien → Forderung nach völkerrechtlicher Anerkennung als souveräne Nation

Kriegsverlauf

- April 1775: **erste Gefechte** zwischen britischen Truppen (auf dem Weg zur Aushebung eines amerikanischen Waffenlagers) und amerikanischen Milizsoldaten bei Lexington und Concord in Massachusetts **= faktischer Beginn des Kriegs**
- militärisches und strategisches **Ungleichgewicht:**
  - **Amerikaner:** meist **unerfahrene** und schlecht ausgerüstete Farmer, aber strategische und motivationstechnische Vorteile durch **Verteidigungskampf** im eigenen Territorium
  - **Briten:** führende **Militärmacht** der Welt, aber Schwierigkeit, das riesige Land militärisch zu erobern und zu sichern; **logistische Probleme** wegen Aufrechterhaltung langer Nachschublinien über den Atlantik
- **Guerillataktik der Amerikaner** → Siege in zwei **kriegsentscheidenden Schlachten** (Saratoga 1777, Yorktown 1781) wegen mangelnder Zusammenarbeit der britischen Befehlshaber
- **Unterstützung der Amerikaner durch Frankreich, Spanien und die Niederlande** ↔ Unterstützung Großbritanniens durch deutsche Söldner
- nicht nur konventioneller Krieg, sondern **auch Bürgerkrieg** zwischen revolutionären (Patrioten) und königstreuen Amerikanern (Loyalisten)
- April 1782: Beginn von **Friedensverhandlungen in Paris**
- 3. September 1783: **Friedensvertrag von Paris**
  - völkerrechtliche **Anerkennung der amerikanischen Unabhängigkeit** durch Großbritannien → **Abzug der britischen Truppen** sowie **Auswanderung der Loyalisten** nach Großbritannien, Kanada oder in andere britische Kolonien
  - Abtretung des gesamten **Gebiets zwischen Appalachen und Mississippi an die USA**

Auf einen Blick

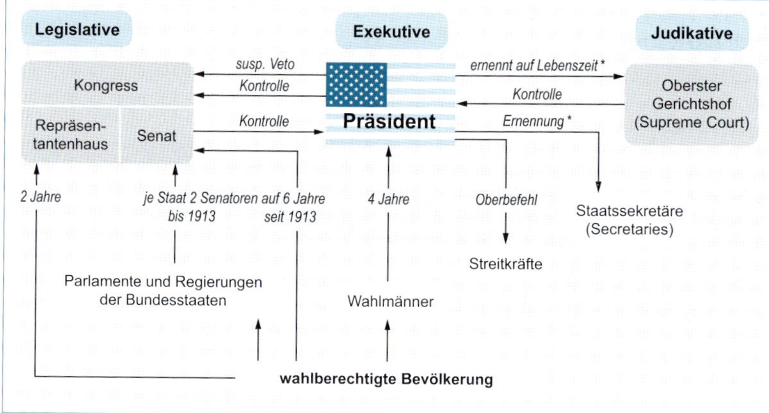

Amerikanische Verfassungsentwicklung

- Konsens in der **Ablehnung des britischen Modells:** keine Monarchie oder Aristokratie
- **Verfassung als höherrangiges Gesetz** und Grundlage jeder späteren Gesetzgebung, um die Freiheit des Einzelnen dauerhaft vor staatlichen Übergriffen zu schützen
- strikte Verwirklichung des Prinzips der **Gewaltenteilung in Legislative, Exekutive und Judikative** zur gegenseitigen Kontrolle
- Hinzufügung einer **Menschenrechtserklärung** (Vorbild: Virginia Bill of Rights vom Juni 1776)
- Gedanke des **Gleichgewichts als Kern** der Verfassung → Abkehr von radikaldemokratischer Form und Bevorzugung indirekter Wahlen
- 1781: **erste Bundesverfassung** (Articles of Confederation) → Einzelstaaten werden zu **Vereinigten Staaten: loser Staatenbund** mit weitgehenden Souveränitätsrechten der Einzelstaaten
- 1783: **Krisenstimmung** aufgrund von wirtschaftlicher Rezession, Handlungsunfähigkeit des Kongresses, Rebellionen und Parteienkämpfen in den Einzelstaaten → Ruf nach **Revision der Konföderationsartikel**
- Mai 1787: **Zusammentreten eines Konvents**, bestehend aus 55 Delegierten aller Staaten außer Rhode Island, um Konföderationsartikel zu überarbeiten
- 17. September 1787: **Verabschiedung** einer neuen, vom Konvent ausgearbeiteten **Verfassung**
  - Grundsätze der **Gewaltentrennung**, des **Gleichgewichts**, der **eingeschränkten Regierung** und der **Sicherung der Freiheit**
  - Vereinigte Staaten als **Bundesstaat:** nur Abgabe von so viel Souveränität, wie Bund zur Wahrnehmung seiner Aufgaben benötigt, aber **Bundesrecht steht über Recht der Einzelstaaten** („supreme law of the land")
  - indirekt gewählter **Präsident als Chef der Exekutive**
  - **Kongress** aus zwei Kammern **als Legislative: Repräsentantenhaus** (jeder Staat gemäß seiner Bevölkerungszahl vertreten) und **Senat** (zwei Senatoren pro Staat)
  - **Judikative:** Bundesgerichtswesen mit **Supreme Court** an der Spitze

→ **unterschiedliche Reaktionen** auf Verfassungsentwurf (Pro: **Federalists** ↔ Kontra: **Anti-Federalists**) → **zahlreiche Verteidigungsschriften**, u. a. *The Federalist Papers* von James Madison, Alexander Hamilton und John Jay

→ bis 1788: **Ratifizierung der Verfassung** durch erforderliche Mehrheit der Einzelstaaten
→ 1789: Wahl **George Washingtons** zum **ersten Präsidenten** der USA
→ Verabschiedung einer **Grundrechteerklärung** (Bill of Rights) durch ersten Bundeskongress

Bewertung der Revolution

Errungenschaften der Revolution

- Herausbildung einer **amerikanischen Identität** und Entstehung einer **öffentlichen Meinung**
- Verwirklichung des Gedankens der **Volkssouveränität**
- geschriebene **Verfassungen als höheres Recht** auf Bundesebene und in den Einzelstaaten
- Festschreibung **persönlicher Freiheitsrechte in Grundrechteerklärungen**
- erste **Erklärung der Menschenrechte** → Vorbild für weitere Verfassungen
- **Gewaltenteilung und wechselseitige Kontrolle** (checks and balances) zwischen Regierungsorganen sowie zwischen Bund und Einzelstaaten in **föderalistischem System**
- Herausbildung einer **pluralistischen politischen Kultur** auf dem Boden einer gemeinsamen konstitutionellen Ordnung und eines **fundamentalen Wertekonsenses**
- Ablösung traditioneller hierarchischer und patriarchalischer Gesellschafts- und Ordnungsvorstellungen durch **Konzept einer egalitären staatsbürgerlichen Gesellschaft** → Betonung von Gleichheit, Individualität und Privatheit

Grenzen der Revolution

- nur **weiße**, überwiegend reiche **Männer als Profiteure** der revolutionären Errungenschaften
- nur **geringfügige soziale Umwälzungen** durch Amerikanische Revolution
- weiterhin vorherrschende Auffassung, dass Expansion der Siedlungsgebiete Vorrang habe und betroffene „Indianerstämme“ sich assimilieren oder zurückweichen müssten → **keine Verbesserung der Lage der indigenen amerikanischen Bevölkerung**
- **schwarze Sklaven** bleiben von Freiheits- und Gleichheitspostulaten **weitestgehend ausgeschlossen**, durch Schutz der Eigentumsrechte sogar eher Zementierung der Sklaverei im Süden
- auch **weiße Frauen zunächst ausgeschlossen**
- ABER: Rhetorik der Revolution bietet benachteiligten Gruppen Anknüpfungspunkte, um ihre eigenen Rechte einzufordern, sodass die Unabhängigkeitserklärung langfristig auch für sie eine befreiende Wirkung entfaltet

Rezeption der Gründungsphase

- bereits Anfang des 19. Jahrhunderts: Interpretation von Steuerstreit und Unabhängigkeitskrieg als **Kampf um** individuelle **Freiheit und Selbstbestimmung** → heutiges **Selbstverständnis der USA** als Vorreiter in Bezug auf Freiheit, Demokratie und Selbstverwirklichung
- Deutung der Revolution als Gründung einer Nation mit einem stabilen modernen Staatswesen → Schaffung der Bundesverfassung als Höhepunkt der Revolution → Glaube an **Vorbildcharakter der neuen Republik** und an besondere **Mission der amerikanischen Nation**
- **Verherrlichung der „Gründerväter“** wie George Washington, Alexander Hamilton oder Thomas Jefferson als aufrechte und würdevolle Persönlichkeiten mit Vorbildcharakter
- **mythische Verklärung** im Medium des Films, z. B. *Der Patriot* (2000) mit Mel Gibson

Auf einen Blick

Qianlong

Zentrale Figuren der Qing-Dynastie vom 18. bis zum 20. Jahrhundert

Qianlong
Regent 1735–1796

- Blütezeit des chinesischen Reichs
- größte territoriale Ausdehnung
- politische Stabilität

Daoguang
Regent 1820–1850

- Gefährdung Chinas durch britischen Opiumschmuggel
- 1839: Opiumverbot → Erster Opiumkrieg

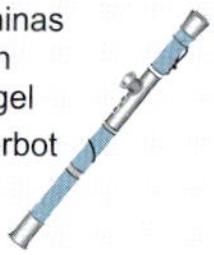

1644 Herrschaftsbeginn der Qing-Dynastie

Xianfeng
Regent 1850–1861

- schwere Krise des Kaiserreichs
- Aufstände und Zweiter Opiumkrieg

Guangxu
Regent 1874–1908

- bis 1889 minderjährig → Tante Cixi als Regentin
- 1898: „Hundert-Tage-Reform" → Sturz und Internierung Guangxus durch Cixi

Cixi
Regentin 1861–1908

- Herrscherin für minderjährigen Sohn (†1875) und minderjährigen Neffen Guangxu (bis 1889) → 1898: Verbannung Guangxus und erneute Herrschaft Cixis
- Versuch eines Ausgleichs zwischen konservativen und reformerischen Kräften → verspätete Reformpolitik nach „Boxeraufstand"

Puyi
Regent 1908–1912

- Kindkaiser (Krönung mit nur zwei Jahren), vertreten durch seinen Vater
- letzter chinesischer Kaiser: 1912 erzwungene Abdankung

1912 Ende des chinesischen Kaiserreichs

Allgemeines

Wandel Chinas im Laufe der Jahrhunderte

- Rückblick Chinas auf lange Geschichte: **frühe Hochkultur mit großer innerer Vielfalt** → Zusammensetzung des **chinesischen Kaiserreichs** (221 v. Chr. bis 1911) aus einer Vielzahl von Volksgruppen
- größte Ausdehnung und Blütezeit Chinas im 18. Jahrhundert unter dem Qianlong-Kaiser aus der **Qing-Dynastie** (1644–1911):
  – **Vereinheitlichung** der einzelnen Gebiete mithilfe zentralchinesischer Han-Kultur zu einem riesigen Reich inklusive **tributpflichtiger Nachbarstaaten**, z. B. Korea oder Vietnam
  – Fortschritte in Landwirtschaft und Handel → **Vorstellung von Autarkie Chinas** → Reglementierung des Handels mit ausländischen Mächten, aber dennoch Einbindung in globales Handelssystem über asiatischen Raum → chinesische Produkte gelangen nach Europa

  ABER: auch unter Qing-Kaisern zahlreiche **Kriege, Konflikte und Aufstände** im Land
- 19. Jahrhundert als „**Jahrhundert der Schande**" wegen politischer und wirtschaftlicher **Dominanz fremder Mächte** (Europa, USA, Japan), aber in Teilen der Bevölkerung auch zunehmende Begeisterung für westliche Ideen, Handlungsweisen und Erfindungen

Aspekte der chinesischen Mentalität

- seit Gründung des Kaiserreichs: **sinozentrisches Weltbild** mit China im Mittelpunkt
  – Wahrnehmung der **Europäer als fremd und** oft auch als **unterlegen** → Entlarvung des europäischen Anspruchs auf Überlegenheit als heuchlerisch
  – **imperialistische Interessen Chinas** (Vorstellung eines „Chinas ohne Grenzen"): Betrachtung der Länder an Chinas Außengrenzen als Teil des chinesischen Reichs bzw. als abhängige Vasallenstaaten → Schock Chinas über Aufstieg Japans

ABER: **Sinozentrismus-Konzept in der Forschung teilweise umstritten:** Vorwurf, dass man mit Behauptung von Sinozentrismus nur antichinesische Vorbehalte schüren wolle → territoriale Expansion Chinas sei nur Folge der Bedrängnis durch ausländische Mächte
- 19./20. Jahrhundert: **Wandel des chinesischen Selbstverständnisses vom Kulturalismus** (Orientierung an chinesischer Kultur) **zum Nationalismus** (Orientierung an chinesischer Nation in Abgrenzung zu anderen Nationen) in Anlehnung an Japan und europäische Mächte

Konfuzianismus als Staatsgrundlage

= philosophische, politische und religiöse Ideen, die auf den Philosophen **Konfuzius** (6./5. Jahrhundert v. Chr.) und seine Schüler zurückgehen
- **Entstehung** der Lehren des Konfuzius, **als China sich noch aus lauter Einzelstaaten zusammensetzte** → Ziele:
  - **Ordnung** herstellen
  - Wege zu **gelungenem Leben im Chaos** aufzeigen
- in der Qing-Dynastie Neuinterpretation des **Konfuzianismus als Moral- und Staatsphilosophie:** Gewährleistung von Ordnung durch Zuweisung eines Platzes in der Gesellschaft für jeden Einzelnen → Ziel: **Aufrechterhalten des Staats**
- Konfuzianismus als **Grundlage für Ausbildung der kaiserlichen Beamten** zur Sicherstellung ihrer Loyalität, ABER: starres Festhalten an konfuzianischen Traditionen als **Hemmnis, Reformen umzusetzen**
- **Unterstützung von Bildung und Forschung** durch Qing-Kaiser zur Bewahrung des Wohlstands im Reich sowie der eigenen Herrschaft → strenge Auswahl und Kontrolle des verfügbaren Wissens vor dem Hintergrund des Konfuzianismus **(Zensur)**
- mit dem Konfuzianismus **konkurrierende Philosophien bzw. Religionen:**
  - **Daoismus:** Schwerpunkt auf Privatleben des Einzelnen und Einbindung des Individuums in natürliche Einheit der Welt
  - **Buddhismus:** Weltreligion mit dem Ziel, zur geistigen Erleuchtung zu gelangen

Herrschaftsvorstellungen

- „**Reich der Mitte**" als Bezeichnung der Chinesen für ihr eigenes Land mit mehreren Bedeutungsebenen:
  - räumlich-geografische Lage des Gebiets, in dem chinesische Hochkultur (Han-Kultur) entstanden ist
  - **Vorstellung vom chinesischen Kaiserreich als dem einzig zivilisierten Reich** der Welt, das von „Barbaren" und tributpflichtigen Gebieten unter chinesischem Einfluss umgeben ist
- **Kaiser** („Sohn des Himmels") als Regent **an der Spitze** des Reichs:
  - „**Mandat des Himmels**", das ihn zum Herrschen befähigt, ihm aber auch wieder genommen werden kann → Interpretation von Krisen oder Naturkatastrophen als Ankündigung eines baldigen Herrscherwechsels
  - **Verpflichtung zu weiser und kluger Herrschaft** sowie zur Aufrechterhaltung der politischen und moralischen Ordnung
  - **Kaiser als eine Art autoritäres Familienoberhaupt:** „Vater", der Untertanen umsorgen und erziehen soll → Gewährleistung von **Stabilität und Ordnung**
- **Verwaltung des Reichs durch Beamte** in Provinzen und Landkreisen → **strenges Auswahlverfahren** auf Grundlage des Konfuzianismus für Bewerber auf Beamtenposten

Auf einen Blick

Wandel des europäischen China-Bildes

Von der Verklärung zur Herabwürdigung

Daoguang

17. Jahrhundert	18. Jahrhundert	19. Jahrhundert	20. Jahrhundert

17./18. Jahrhundert
- idealisiertes China-Bild (Gelehrtenstaat)
- China als Europäern mindestens ebenbürtige Zivilisation
- große Nachfrage nach chinesischen Produkten

China-Bewunderung

18./19. Jahrhundert
- China als rückständige Gesellschaft mit despotischem Herrscher
- China als Hort der Barbarei
- China als technisch unterlegen

Herabstufung Chinas zu Halbkolonie

19./20. Jahrhundert
- gelenkte Sinophobie (z.B. „Hunnenrede“)
- weiter sinkendes Ansehen nach „Boxeraufstand“
- ungehemmtes Verfolgen eigener Wirtschaftsinteressen in China

Ausbeutung Chinas

Kulturberührung (Kulturkontakt) Kulturverflechtung (Kulturzusammenstoß) Kulturzusammenstoß

Folgen der Aufklärung und der Französischen Revolution

- **Aufklärung** = europäische geistige Strömung des 17./18. Jahrhunderts mit zentralen Werten wie **Vernunft** und wissenschaftliche Überprüfbarkeit von Behauptungen → teilweise **Kritik an absolutistischem Gottesgnadentum** und Allmacht der Kirche
- **Französische Revolution als Durchbruch für aufklärerische Vorstellungen:** Menschen- und Bürgerrechte sowie Beschränkung der Macht der Herrschenden als gemeinsame europäische Werte
- Entwicklung des **Konzepts der „Nation“**:
  - Konstruktion von Unterscheidungsmerkmalen (u.a. Kultur) zur Definition einer nationalen Zugehörigkeit → **Abwertung anderer Kulturkreise zur eigenen Selbstaufwertung**
  - Schaffung **negativer Fremdbilder:** Projektion eigener Ängste auf die „Anderen“ → Verwendung des Begriffs „Barbar“ zur Charakterisierung und Herabsetzung anderer Kulturen
  - **Verklärung:** Projektion von Wünschen, Idealen und Sehnsüchten auf andere Kulturen
- Entstehung von **Nationalstaaten**, denen Untertanen sich stärker verpflichtet fühlen als den jeweiligen Herrschern
  - **Existenz unterschiedlicher europäischer Staaten und Reiche** in politischer und wirtschaftlicher **Konkurrenz zueinander**
  - in Kombination mit **Industrialisierung** militärischer und politischer **Erfolg** der Nationalstaaten
- **Glaube der Europäer an eigene Überlegenheit:** Vorherrschen eines **eurozentrischen Weltbilds** mit Europa im Mittelpunkt
  - Wahrnehmung **außereuropäischer Staaten als fremd und** oftmals auch als **unterlegen**
  - **Sendungsbewusstsein:** Anspruch, andere Kontinente zu beherrschen und zu „zivilisieren“
  - **kriegerische Auseinandersetzungen** mit außereuropäischen Völkern

- Ende des 18. Jahrhunderts: allmählicher **Zerfall der alten Kolonialreiche** auf amerikanischem Kontinent → Entstehung des **neuen Kolonialismus** mit Hinwendung der Europäer nach Afrika und Asien

Folgen der Industrialisierung

- **gesellschaftliche Folgen:**
  - veränderte Arbeits- und Alltagswelt
  - Urbanisierung, Mobilität und Beschleunigung → Entstehung einer **individualistischen Massengesellschaft**
  - prekäre Lage der Arbeiterschaft mit gravierenden sozialen Problemen (**Soziale Frage**) → Ablenken von inneren Spannungen durch **imperialistisches Engagement des Staats**
- **wirtschaftliche Folgen:**
  - Durchsetzung des Systems des **Kapitalismus:** freier Markt, auf dem Angebot und Nachfrage Preise und Produktion bestimmen
  - **Entstehung einer Klassengesellschaft: Unternehmer**, die über Kapital (Maschinen, Arbeitskräfte und Geld) verfügen ↔ **Arbeiter** als abhängige Lohnarbeiter ohne eigenes Kapital → Lösung nach Karl Marx und Friedrich Engels: **Sozialismus** mit Aufhebung von Privateigentum und „Diktatur des Proletariats" zur Herstellung von Gleichheit und Gerechtigkeit
  - **Konkurrenz auf Binnenmarkt und europäischem Markt** → **Versuch** aller Kolonialmächte, **weltweite Märkte zu erschließen** und zu dominieren
- **politische Folgen:**
  - **Streben** der wirtschaftlich erfolgreichen Unternehmer **nach politischer Beteiligung** → **Forderungen nach Kolonien**, Flottenbau und Teilnahme am Welthandel
  - Erweiterung der Parteienlandschaft um **sozialistische bzw. sozialdemokratische Parteien** → Forderungen nach Arbeitsschutzmaßnahmen, höheren Löhnen, Wohnraum und Bildung → erste Ansätze einer modernen **Sozialpolitik**

Wandel des europäischen China-Bildes

- **17./18. Jahrhundert:**
  - Verbreitung eines **idealisierten China-Bildes** von einem seit Jahrtausenden stabilen **Gelehrtenstaat** mit weltlicher Ethik („Philosophenkaiser") → **China-Bewunderung**
  - Blick auf China als eine den Europäern mindestens **ebenbürtige Zivilisation**
  - **Begeisterung für chinesisches Porzellan und chinesische Stoffe** → Fertigungen in China speziell für europäischen Markt
- **18./19. Jahrhundert:**
  - China verliert seine Rolle als Vorbild und gilt jetzt als stagnierende, **rückständige Gesellschaft mit despotischem Herrscher**, die in uralten Traditionen steckengeblieben ist → China als **technisch und zivilisatorisch unterlegenes Reich** → Herabstufung zu **Halbkolonie**
  - China als **Hort der Barbarei und Unkultur**, aber auch als wichtiger Markt für den Welthandel
- **frühes 20. Jahrhundert:**
  - während des „Boxeraufstands" Steigerung von **gelenkter Sinophobie** (= Angst vor und Abneigung gegenüber China) **in Deutschland** (z. B.: „Hunnenrede" Wilhelms II.)
  - weiter **sinkendes Ansehen Chinas** nach Niederlage im „Boxeraufstand"
  - China als **Möglichkeit** für imperialistische Mächte, **ungehemmt eigene Wirtschaftsinteressen zu verfolgen** (Open Door Policy)

China und die imperialistischen Mächte

Auf einen Blick

Xianfeng

Chinesische Reformversuche und ihre Auslöser

Erster Opiumkrieg (1839–1842)
Zweiter Opiumkrieg (1856–1860)

- zunächst keine Neuorientierung nach verlorenem Ersten Opiumkrieg
- nach Zweitem Opiumkrieg: Selbststärkungsbewegung

Japanisch-Chinesischer Krieg (1894/95)

- Niederlage enormer Schock für China
- „Hundert-Tage-Reform“

gescheiterter „Boxeraufstand“ (1900/01)

- Erkenntnis von Chinas Rückständigkeit
- „Neue Politik“ zur Modernisierung des Staats

ABER insgesamt kein durchschlagender Erfolg der Reformen, stattdessen zunehmend stärkerer Einfluss der imperialistischen Mächte

Anfänge des internationalen Handels der Neuzeit in China

- 16./17. Jahrhundert: erste Seefahrten aus Europa nach Asien wegen chinesischer Produkte wie Tee, Seide und Porzellan → reger **Handel zwischen europäischen Ländern und China**
- bis Mitte des 18. Jahrhunderts: **Aufstieg Großbritanniens zur führenden europäischen Handelsmacht** durch Kontrolle Indiens und Britische Ostindien-Kompagnie mit Stützpunkten in afrikanischen und asiatischen Hafenstädten
- Sorge des Qianlong-Kaisers vor zu großer Einflussnahme der Europäer → **Begrenzung der Handelsmöglichkeiten durch China** (Kanton-System: Beschränkung auf Guangzhou als einzigen Handelshafen, Erhebung hoher Zölle) → Phase des Wohlstands für China
- **chinesischer Tee als begehrtestes Produkt** in Großbritannien: zunächst Bezahlung mit indischer Baumwolle, später mit Silber, da China kein Interesse an britischen Gütern hat → **Verschlechterung der Handelsbedingungen für Großbritannien**
- 1792/93: diplomatische Mission Großbritanniens unter Lord Macartney **(Macartney-Mission)** zur Vereinbarung besserer Handelsbedingungen → **Forderungen:**
  - Errichtung einer **diplomatischen Vertretung** in Peking
  - **Öffnung weiterer Häfen** für britischen Handel
  - als Ausgleich **Angebot britischer Produkte** wie Teleskope, Uhren oder Glas- und Silberwaren, an denen in China aber kein Interesse besteht

ABER: **Zurückweisung der britischen Vorschläge** als Affront von „Barbaren“ durch chinesischen Kaiser

→ Macartney-Mission als Auftakt zu **Phase der Konfrontation zwischen China und imperialistischen Mächten**

Erster Opiumkrieg 1839–1842

= erster Krieg zwischen China und einer europäischen Macht

- nach **gescheiterter Macartney-Mission** Fortführung des Handels zwischen Großbritannien und China zu vorherigen Bedingungen

- **steigender Bedarf an chinesischen Produkten** in Großbritannien → Aufwendung von immer mehr Silber zur Bezahlung trotz **Silberknappheit** in Europa → Ausweg: **Handel mit Opium**, das in Indien angebaut wird und in China als Arznei und Rauschmittel beliebt ist
- **Umgehung des herrschenden Opiumverbots** durch britische und chinesische Schmuggler
- Intensivierung der Opiumproduktion durch Großbritannien → **enormer Anstieg des Opiumschmuggels und der Drogenabhängigen** in China → lukratives Geschäft für Großbritannien ↔ Opium als politisches, wirtschaftliches und gesellschaftliches Problem für China
- 1838/39: **erneutes Opiumverbot** durch Daoguang-Kaiser begleitet von **strengen Strafmaßnahmen** (Beschlagnahmungen, Geldstrafen, Internierungen) → **Empörung Großbritanniens** und Demonstration „nationaler Stärke" durch **Entsendung von Kriegsschiffen** nach China
- 1840: Ankunft einer kleinen britischen Schlachtflotte in Guangzhou und Kämpfe gegen schlecht organisierte Truppen der Qing-Dynastie → **Überlegenheit der britischen Waffentechnik und Einnahme strategischer Hafenorte** an der Süd- und Ostküste Chinas
- August 1842: Vorbereitung eines Angriffs auf die Stadt Nanjing durch Großbritannien → **Kapitulation Chinas**

„Ungleiche Verträge" und Missionierung

- Beendigung des Ersten Opiumkriegs mit **Vertrag von Nanjing**, in dem Großbritannien Bedingungen diktiert **(„ungleicher Vertrag"):**
  - Erweiterung der Handelsmöglichkeiten für Großbritannien in China durch **Öffnung von vier weiteren Häfen** neben Guangzhou
  - Abtretung der Insel **Hongkong als Kolonie an Großbritannien**
  - Verpflichtung Chinas zu **Reparationszahlungen**
  - **diplomatische Vertretungen** Großbritanniens in China und Zulassung **christlicher Missionare** → größerer politischer und kultureller Einfluss auf China

→ **Souveränitätsverlust Chinas** in vielen Bereichen und Scheitern der Handelspolitik der Qing-Dynastie, dennoch **keine wirkliche Neuausrichtung** der Innen- und Außenpolitik, sondern nur **langsamer Beginn von Wandlungsprozessen**
- im Verlauf des 19. Jahrhunderts **Abschluss weiterer „ungleicher Verträge" zwischen China und imperialistischen Mächten** über Freihandel, Gebietsabtretungen, Vertragshäfen und Errichtung von Pachtgebieten und Kolonien
- **China als Halbkolonie** mit formeller politischer Souveränität, aber wesentliche Steuerung von Wirtschaft und Politik durch imperialistische Staaten:
  - von Interessen der Großmächte bestimmter **Freihandel mit ganz China**
  - **Bautätigkeit der imperialistischen Mächte auf chinesischem Gebiet:** Industrieunternehmen in Vertragshäfen, Ausbau von Verkehrswegen (v. a. Eisenbahnbau)
  - **Abbau von Bodenschätzen** durch ausländische Mächte und teilweise Übernahme des Dienstleistungssektors durch ausländische Unternehmen
  - **Zerstörung alter Handwerks- und Gewerbestrukturen** sowie Untergrabung der Legitimation und Autorität der kaiserlichen Regierung im Inneren → politische Instabilität
  - Stützung der chinesischen Zentralregierung von außen, um Dominanz einer einzelnen imperialistischen Macht zu verhindern → Bestehenbleiben Chinas als Einheitsstaat und **Verhinderung direkter Kontrolle aufgrund von Konkurrenz der imperialistischen Mächte**
- **Missionierung als Teil des Kolonialisierungsprozesses:** Rechtfertigung mit „Zivilisierung" der chinesischen Bevölkerung durch Christentum, aber **Ausbau des europäischen Einflusses** als eigentliches Ziel

China und die imperialistischen Mächte

Auf einen Blick

Aufstände gegen die Qing-Dynastie

Guangxu

Taiping-Aufstand (1851–1864)

- Träger: überwiegend von der Zentralregierung benachteiligte ethnische Minderheiten
- Charakter: Bürgerkrieg mit über 20 Millionen Todesopfern
- Ende: Niederschlagung durch Qing-Truppen, lokale Kriegsherren und imperialistische Mächte

Nian-Aufstand (1853–1868)

- Träger: überwiegend arme Bauern, aber auch Schmuggler und Deserteure
- Charakter: Guerilla-Krieg zur Störung der Nachschublinien der Qing-Truppen im Kampf gegen Taiping
- Ende: nach Zermürbungskrieg Vernichtung der Nian-Rebellen

muslimische Erhebungen in der zweiten Hälfte des 19. Jahrhunderts

- Träger: muslimische Einwohner chinesischer Provinzen
- Charakter: Rivalitäten zwischen chinesischen Einwanderern und einheimischen Muslimen in bestimmten Provinzen
- Ende: meist brutale Niederschlagung durch lokale Qing-Generäle

Druck auf die Qing-Dynastie im 19. Jahrhundert

- **Druck von außen** auf die Qing-Regierung:
  - Versuch der europäischen Mächte, nach Erstem Opiumkrieg weitere kriegerische Auseinandersetzung herbeizuführen, um Einfluss auf China auszuweiten → **Zweiter Opiumkrieg** (1856–1860) von Großbritannien und Frankreich gegen China → Sieg der Europäer
  - **Pekinger Konvention 1860:** weitere **Vertragshäfen** für imperialistische Mächte, **niedrige Zölle**, diplomatische Vertretungen, **eigene Rechtsprechung für Europäer** in China sowie Missions- und Bewegungsfreiheit im ganzen Land
  - 1884/85: kurzer **Krieg zwischen China und Frankreich um Einfluss in Vietnam** → **Sieg Frankreichs:** Vorherrschaft über Vietnam und weitere Ausdehnung des französischen Kolonialreichs in Südostasien
  - zunehmende **Konkurrenz der ausländischen Mächte um Macht- und Marktanteile in China** → auf Wunsch der USA Einigung auf **Open Door Policy** = freier Handel in China zu gleichen Bedingungen für alle imperialistischen Mächte (Prinzip der Meistbegünstigung)

  → **wachsender Einfluss der imperialistischen Mächte** auf China
- **Druck von innen** auf die Qing-Regierung:
  - **Bevölkerungswachstum**, Raubbau an der Natur zur Ausweitung der landwirtschaftlichen Nutzungsflächen, **Naturkatastrophen und ineffiziente Verwaltung** durch Vergabe von Beamtenposten gegen Geld → Armut, **Hungersnöte und Unzufriedenheit**
  - Wirtschaftsaktivitäten der ausländischen Mächte in Vertragshäfen → **Verdrängung** des Handwerks und **der traditionellen chinesischen Produktionsstrukturen**
  - **Aufstände und Kriege im Inneren**, z. B. **Taiping-Aufstand** (1851–1864): Bürgerkrieg mit über 20 Millionen Todesopfern → **Niederschlagung des Aufstands** durch Qing-Truppen, lokale Kriegsherren und imperialistische Mächte, die schwachen Kaiser behalten wollen
  - trotz Zensurmaßnahmen des Herrschers **Verbreitung westlichen (und japanischen) Wissens** in China → **Forderungen nach Reformen**

Bürgerkrieg
Loyalisten vs Radikale

Reformversuche

Selbststärkungsbewegung ab ca. 1860

= **Modernisierungsprogramm nach westlichem Vorbild** zur Herrschaftssicherung der Dynastie, Stärkung des Landes gegenüber Einflussnahme von außen und Erhaltung chinesischer Traditionen (maßgeblich vorangetrieben von Prinz Gong = jüngerer Bruder des Xianfeng-Kaisers)

- **Maßnahmen** der Selbststärkungsbewegung:
  - **Ausstattung des chinesischen Militärs mit modernen Waffen** → Förderung der (Schwer-)Industrie und Ausbildung der Soldaten nach europäischem Vorbild
  - Einführung von Sprachschulen und Übersetzung von Büchern ins Chinesische, um **technisches Know-how des Auslands** zugänglich zu machen
  - Schaffung einer **eigenen Handelsflotte**
  - **Einrichtung eines Außenamts** und Entdeckung der (westlichen) Diplomatie als Mittel, eigene Interessen durchzusetzen
- **Modernisierungserfolge:**
  - Ausbau des Kontaktes zu imperialistischen Mächten zum chinesischen Nutzen
  - Produktion moderner Waffen und Schiffe
- ABER: insgesamt nur **geringer Erfolg** der Maßnahmen → Gründe:
  - enorme Ausmaße des Landes → **langsame oder nur lokal begrenzte Umsetzung** bestimmter Maßnahmen (z. B. Eisenbahnbau), geringe Effektivität durch dezentrale Steuerung
  - **fehlendes Kapital** durch zahlreiche Reparationsverpflichtungen der Qing-Regierung
  - **ineffiziente Verwaltung** und Korruption
  - dynastisch-machtpolitische **Probleme der Qing-Dynastie:** Tod des Xianfeng-Kaisers mit erst sechsjährigem Sohn als Nachfolger → Machtübernahme durch **Kaiserinwitwe Cixi:** zunächst Unterstützung der Selbststärkungsbewegung, später aber Hinwendung zum Konservatismus
  - **wachsender Einfluss der Provinzgouverneure und Schwächung der Zentralmacht** der Qing → konservative und repressive Maßnahmen der Qing-Herrscher, um eigene Machtposition zu erhalten → **Schwächung der Selbststärkungsbewegung**

„Hundert-Tage-Reform" 1898

- 1894/95: verheerende und **traumatische Niederlage Chinas im Japanisch-Chinesischen Krieg** → Schwächung der Autorität der chinesischen Regierung → modernisiertes und industrialisiertes Japan als Vorbild für **chinesische Reformansätze**
- **Reformvorhaben** des jungen Guangxu-Kaisers und seiner Berater (u. a. des Gelehrten Kang Youwei) nach dem Vorbild der Meiji-Restauration in Japan:
  - **Entbürokratisierung** der Verwaltung und **Abschaffung von Beamtenprivilegien**
  - **Modernisierung** der Beamtenprüfung und **der militärischen Ausbildung**
  - Stärkung des **Petitionsrechts:** Erlaubnis für alle Bürger, sich mit Eingaben an Kaiser zu wenden
  - Ausbau und **Verbesserung des Bildungswesens**
  - Förderung von **wirtschaftlichen Aktivitäten**
- Maßnahmen hätten Macht und Privilegien der konservativen Bürokraten beschnitten → **Verordnungen 100 Tage in Amtsstuben der Verwaltungsbeamten**, ohne dass diese sie umsetzen („Hundert-Tage-Reform")
- Kaiserinwitwe Cixi stellt sich auf Seite der Beamten und lässt Guangxu-Kaiser verhaften und unter Hausarrest stellen sowie führende Reformer hinrichten → weitgehende **Zurücknahme bzw. Verhinderung der Reformen**, aber Weiterwirken der Ideen ins 20. Jahrhundert

China und die imperialistischen Mächte

Auf einen Blick

Cixi

Japan und China im 18./19. Jahrhundert im Vergleich

GEMEINSAMKEITEN

- zunächst bewusste Abgrenzung vom Westen
- Zwang zur Öffnung des Landes für imperialistische Mächte
- Abschluss „ungleicher Verträge“ mit imperialistischen Mächten
- ab Mitte des 19. Jahrhunderts Reformphasen, um Unterlegenheit auszugleichen

UNTERSCHIEDE

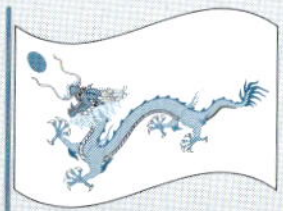

CHINA	JAPAN
multiethnisches Vielvölkerreich	relativ hohe Homogenität der Bevölkerung
Fokussierung auf chinesische Kultur (z. B. Konfuzianismus)	Übernahme des westlichen Konzepts der Nation und Propagierung einer einheitlichen japanischen Nation
zunehmende Dezentralisierung durch Machtzuwachs der Provinzgouverneure	Zentralisierung mit Machtkonzentration beim Kaiser
nur langsame und teilweise inkonsequente Umsetzung von Reformmaßnahmen	rasche und tiefgreifende Reformierung
immer weiterer Niedergang der Qing-Dynastie	Aufstieg zu einer militärischen Großmacht

Ausgangslage in Japan

- 17. Jahrhundert: **Selbsteinschränkung der Kontakte Japans zum westlichen Ausland** per Gesetz → funktionierender Binnenmarkt und Wachstum der Städte
- 1853/54: amerikanische Flotte unter Commodore Perry erzwingt **Öffnung von Vertragshäfen** und Aufnahme des Handelsverkehrs → **Abschluss „ungleicher Verträge“** mit westlichen Kolonialmächten → **Beschluss Japans zu Reformen**, um Unterlegenheit zu beseitigen
- 1868: Entmachtung der Adligen (Shogune) und Wiederherstellung der politischen Macht des Kaisers (Tenno) → **Meiji-Restauration** mit folgenden Zielen:
  - **innenpolitische Konsolidierung** des neuen Einheitsstaats
  - Zurückerlangung der vollen **außenpolitischen Souveränität**
  - **Anerkennung Japans vom Westen** als moderner Verfassungsstaat → Revision der „ungleichen Verträge“
  - **Hegemonialstellung** Japans im asiatischen Raum

Aufstieg Japans zur Großmacht

- ab 1868: **Reformierung Japans nach westlichem Vorbild**, um Kolonialisierung durch den Westen zu verhindern
  - Beseitigung der Vorrechte des Adels und Schaffung einer **effektiven Verwaltung**
  - **Modernisierung des Militärwesens**, um mit europäischen Großmächten auf Augenhöhe zu agieren
  - **Betonung der vermeintlichen Einheitlichkeit der japanischen Nation** mit Tenno als nationaler Integrationsfigur und Propagierung eines großjapanischen Reichs mit Führungsrolle in der Region
  - **Stärkung der Zentralgewalt**, die Modernisierung vorantreibt

  - Einführung von Geldsteuern anstelle von Naturalabgaben und Entwicklung eines **modernen Bankwesens**
  - **Bauernbefreiung**, Gewerbefreiheit und Einführung der allgemeinen **Schulpflicht**
  - Aufbau der Schwerindustrie sowie Modernisierung des Verkehrs-, Transport- und Nachrichtenwesens → **Förderung des Eisenbahnbaus und des Exports**
  - Entsendung von jungen patriotischen Japanern zum Studium in den Westen, um **technisches Know-how nach Japan zu bringen**
  - Verkündung einer **Verfassung** (1889) und erste **Parlamentswahlen** (1890) → Vorgehen gegen Widerstand aus reaktionären Kreisen

  → **Japan als einziges nicht westliches Land mit „Industrieller Revolution"** Ende des 19. und Anfang des 20. Jahrhunderts
- 1876: **Abschluss eines Handelsvertrags mit Korea** im chinesischen Einflussgebiet → Abhängigkeit Koreas von Japan
- 1894: Niederschlagung einer Rebellion am koreanischen Hof durch japanische Truppen → Einsetzung eines neuen Herrschers in Korea, der China den Krieg erklärt → **Kriegserklärung Japans an China**
- **Sieg Japans** mithilfe moderner und disziplinierter Armee **im Japanisch-Chinesischen Krieg** 1895 = **Schock für China** → China muss Taiwan abtreten und Kriegsentschädigungen zahlen → Sicherung der militärischen Überlegenheit Japans und Stabilisierung der Kaiserherrschaft
- **Sieg Japans im Russisch-Japanischen Krieg** 1904/05 um Einflusssphären in Korea → Schutzherrschaft Japans über Korea und Besetzung der Mandschurei → internationale **Anerkennung Japans als Großmacht**

Vergleich mit China

- **ähnliche Ausgangslage wie in China:** Abgrenzung vom Westen, innere Wirren und äußere Bedrohungen im 19. Jahrhundert → **Zwang zur Öffnung des Landes** durch imperialistische Mächte („ungleiche Verträge")
- in beiden Ländern **Reformphasen** ab Mitte des 19. Jahrhunderts, **um Unterlegenheit** gegenüber imperialistischen Mächten **auszugleichen**

→ Japan: rasche und konsequente Verwandlung von einem Agrarland in industrialisierte Gesellschaft → **Aufstieg Japans zu einer militärischen Großmacht** ↔ China: nur teilweise erfolgreiche Reformversuche → immer weiterer **Niedergang der Qing-Dynastie**
- **Gründe für geringeren Erfolg** der Reformmaßnahmen **in China:**
  - Menschenopfer in Millionenhöhe und enorme materielle **Verluste in zurückliegenden Opiumkriegen und Aufständen**
  - **Ablehnung der mandschurischen Qing-Dynastie** durch große Zahl von Han-Chinesen im Zentrum des Landes
  - **Ansehensverlust des chinesischen Kaisers** durch zunehmende Dominanz der Provinzgouverneure **(Dezentralisierung)** ↔ **in Japan** Etablierung eines starken Zentralstaats mit mächtigem Kaiser **(Zentralisierung)**
  - **China als wesentlich größerer Flächenstaat** → keine Möglichkeit für einheitliche Politik in ganz China
  - fehlendes Kapital durch **hohe Verschuldung** bei ausländischen Mächten und Fehlen eines funktionierenden Bankenwesens zur Finanzierung des Industrieaufbaus
  - teilweise nur **geringer Reformwille der chinesischen Eliten** → nur langsame Umsetzung von Neuerungen und **keine grundlegenden Veränderungen**

China und die imperialistischen Mächte

Auf einen Blick

Von der Monarchie zur Republik

AUSGANGSLAGE

- Niederlage Chinas im Japanisch-Chinesischen Krieg
- zunehmend stärkerer Einfluss der imperialistischen Mächte auf China
- Armut und Hungersnöte der chinesischen Landbevölkerung

1900/01 „Boxeraufstand"

- Bekämpfung des ausländischen Einflusses
- Belagerung des Gesandtschaftsviertels in Peking
- brutale Niederschlagung durch „Allianz der acht Staaten"

ab 1901 „Neue Politik"

- Reformpolitik der Kaiserinwitwe Cixi
- Ziel: Modernisierung
- ABER: Reformen kommen zu spät

1911/12 Revolution

- Erhebung von Soldaten
- Solidarisierung einzelner Provinzen mit der Revolution
- Zwang zur Abdankung des letzten Kaisers und Etablierung der Republik

Puyi

AUSBLICK

jahrzehntelange Kämpfe zwischen Guomindang und Kommunistischer Partei

1949: Ausrufung der kommunistischen Volksrepublik China

„Boxeraufstand" 1900/01

- **Niederlage Chinas im Japanisch-Chinesischen Krieg** 1895 → China muss für Reparationen Darlehen im Ausland aufnehmen und imperialistischen Mächten Bau von Industrieanlagen und Eisenbahnen erlauben → **„Wettlauf" der imperialistischen Mächte um Einfluss in China**
- ab 1890: **Beteiligung des deutschen Kaiserreichs** unter Wilhelm II. **an imperialistischem Wettbewerb** und Streben nach Pachtgebiet in China
- 1897: **Ermordung zweier deutscher Missionare in China** → Besetzung des Hafens Qingdao in Jiaozhou-Bucht und Errichtung eines Stützpunkts durch deutsche Truppen → 1898: **Pachtvertrag** zwischen China und Deutschem Reich über 99 Jahre für Qingdao und Jiaozhou-Bucht
- Entstehung einer **chinesischen Geheimgesellschaft** (im Westen **„Boxer"**, in China „Yihetuan") **zur Bekämpfung von Neuerungen und des ausländischen Einflusses** → Zerstörung ausländischer Einrichtungen sowie Tötung ausländischer Missionare und chinesischer Christen
- **zunächst Bekämpfung** der Bewegung **durch Qing-Dynastie, dann aber Unterstützung** der „Boxer" in der Hoffnung, ausländische Mächte aus China vertreiben zu können
- **Erschießung des deutschen Gesandten** Clemens von Ketteler im Juni 1900 auf offener Straße und **Belagerung des ausländischen Gesandtschaftsviertels in Peking** durch „Boxer" und kaiserliche Truppen Chinas
- **„Strafexpedition" der imperialistischen Mächte** („Allianz der acht Staaten": Großbritannien, Frankreich, Deutschland, Italien, Österreich, Russland, USA und Japan) gegen China
- **brutale Niederschlagung des „Boxeraufstands"** durch imperialistische Mächte mit Plünderungen und „Strafaktionen": besonders rücksichtsloses Vorgehen der deutschen Truppen gegen chinesische Bevölkerung im Sinne der **„Hunnenrede"** Kaiser Wilhelms II.
- September 1901: **Zwang der Qing-Dynastie zur Unterzeichnung des „Boxerprotokolls"** → hohe Reparationszahlungen, Bestrafung von Beamten, militärischer Schutz für ausländische Gesandtschaften, Sühnereise eines Mitglieds des chinesischen Kaiserhauses nach Deutschland

→ **Unterwerfung Chinas durch imperialistische Mächte** = Schwächung der Qing-Dynastie

Gründung der Republik

- Niederlage Chinas im „Boxeraufstand" → **„Neue Politik" der Kaiserinwitwe Cixi zur Modernisierung des Staats** ab 1901:
  - Umstrukturierung und **Zentralisierung** des Regierungsapparats
  - **Abschaffung der alten Ämterprüfungen:** Auswahl nach Qualifikation, nicht mehr nach Kenntnissen in Kalligrafie und Konfuzianismus
  - Einführung eines modernen, landesweiten **Schul- und Universitätssystems nach japanischem Vorbild**
  - Umwandlung des bisherigen Außenamts in ein **Außenministerium**
  - Einrichtung von Berufsverbänden und Handelskammern
  - **Entsendung chinesischer Studenten und Beamten ins Ausland** (Japan, USA, Europa) und Einladung ausländischer Experten nach China
  - Einrichtung von **Parlamenten** in Provinzen und **Überlegungen zu Verfassung** für China
  - **Professionalisierung der Armee:** Heeresministerium, Berufsoffiziere als Befehlshaber, Verantwortung gegenüber chinesischem Staat

  → **trotz Reformprogramm weiterer Ansehensverlust der Qing-Dynastie** wegen wachsender wirtschaftlicher Abhängigkeit von imperialistischen Mächten
- **Aufkommen republikanischer Ideen** als Alternative zur Monarchie des Kaiserreichs
- **„Revolutionäre Allianz"** unter Intellektuellem Sun Yat-sen: Nationalismus, Demokratie und Sozialismus als **Leitlinien für demokratisches China nach westeuropäischem und amerikanischem Vorbild** → Forderungen nach Parlament und Verfassung für ganz China
- ab 1909: Gründung von **Provinzversammlungen** als erste Parlamente
- 10. Oktober 1911: **Revolution** in Wuchang durch aufständische Soldaten → Solidarisierung einzelner Provinzen mit der Revolution und **Ernennung Sun Yat-sens zum Provisorischen Präsidenten** → Zusammenarbeit mit Militär der Qing-Dynastie unter General Yuan Shikai
- 1912: Zwang des Kindkaisers Puyi zur Abdankung und damit **Etablierung der Republik** in ganz China (erster Präsident: Yuan Shikai)

Ausblick

- 1914: **Auflösung des Parlaments** durch Yuan Shikai → formales Bestehenbleiben der Republik, aber de facto **Diktatur Yuan Shikais**
- 1915: **Abschaffung der Republik** durch Yuan Shikai, der sich selbst zum Kaiser ernennt → nach wenigen Monaten Entmachtung Yuan Shikais → 1916: Tod Yuan Shikais und Machtvakuum → jahrelange **militärische Auseinandersetzungen zwischen lokalen Kriegsherren**
- 1924: **Zusammenarbeit der Nationalen Volkspartei (Guomindang)** unter Sun Yat-sen **und der Kommunistischen Partei Chinas (KPCh)** zur Wiederherstellung der Einheit Chinas
- 1927: Beendigung des Bündnisses durch Chiang Kai-shek (Nachfolger von Sun Yat-sen) → jahrzehntelange **Kämpfe zwischen Guomindang und KPCh**
- 1937: **Überfall Japans auf China** und Ausweitung des japanischen Einflusses → Beilegung der Auseinandersetzungen zwischen Guomindang und KPCh → gemeinsamer Kampf gegen Japan
- ab 1945: erneute Kämpfe zwischen Guomindang und KPCh → 1949: vollständiger Sieg der KPCh → **Ausrufung der kommunistischen Volksrepublik China durch Mao Zedong** und Flucht der Guomindang unter Chiang Kai-shek nach Taiwan (bis heute Republik China)

Auf einen Blick

Die Revolution von 1918/19

Vorgeschichte

- Kriegslage 1918 → OHL: Eingeständnis der Niederlage
- neue Regierung und „Oktoberverfassung"

Beginn der Revolution

Okt./Nov. 1918: Meuterei der Soldaten in Wilhelmshaven und Kiel

Novemberereignisse 1918

- geografische Ausdehnung der Revolution
- „Arbeiter- und Soldatenräte"
- 9.11. doppelte Republikausrufung
- 10.11. „Rat der Volksbeauftragten"
- 11.11. Unterzeichnung des Waffenstillstands

weiterer Verlauf 1919

- Januaraufstand
- 19.1. Wahlen zur Nationalversammlung
- 6.2. Eröffnung der Nationalversammlung
- Mai: Ende der Revolution

Ende der Monarchie → parlamentarische Demokratie **aber:** kein vollständiger Bruch mit dem Kaiserreich

Vorgeschichte

- **Kriegslage im Jahr 1918:** Millionen von Toten und Verwundeten, schlechte Versorgungslage, gescheiterte Frühjahrsoffensive 1918, militärischer Durchbruch der Alliierten bei Amiens am 8. August 1918, viele Desertionen deutscher Soldaten → zunehmende **Kriegsmüdigkeit** der deutschen Bevölkerung und Sehnsucht nach einem Ende des Kriegs
- Ende September 1918: **Eingeständnis der Kriegsniederlage** durch die Oberste Heeresleitung (OHL; Paul von **Hindenburg**, Erich **Ludendorff**) → Forderung: sofortiger Waffenstillstand
- 3. Oktober 1918: Prinz **Max von Baden** neuer **Reichskanzler**, neue Regierung mit Vertretern der Mehrheitsparteien, z. B. Matthias **Erzberger** (Zentrum), Philipp **Scheidemann** (MSPD)
- **Waffenstillstandsangebot** der neuen Regierung → OHL kann die Verantwortung für die Kriegsniederlage den bürgerlichen Politikern zuschieben **(Geburt der Dolchstoßlegende)**
- Voraussetzung für Verhandlungen auf Grundlage der 14 Punkte von US-Präsident **Wilson:** Parlamentarisierung der Reichsverfassung (v. a. stärkerer Reichstag) → „Oktoberverfassung" vom 28. Oktober 1918: Ablösung der konstitutionellen durch die **parlamentarische Monarchie**

Novemberereignisse 1918

- Ende Oktober 1918: Seekriegsleitung will nicht kampflos kapitulieren, ABER: Weigerung der **Matrosen** in Wilhelmshaven und Kiel, gegen die britische Flotte auszulaufen → **Beginn der Revolution** (kein geplanter Umsturz, sondern **spontane Revolte** kriegsmüder Soldaten)
- Anfang November 1918: Ausdehnung der Revolution auf weitere deutsche Städte (z. B. Hamburg, Köln, Dresden, Frankfurt/Main, München), Bildung von **„Arbeiter- und Soldatenräten"**
- 9. November 1918: Revolution in **Berlin**
  - Max von Baden gibt eigenmächtig die Abdankung des Kaisers bekannt und überträgt das Amt des Reichskanzlers auf Friedrich **Ebert** (MSPD)
  - **doppelte Republikausrufung:** Proklamierung einer „**Deutschen Republik**" durch **Scheidemann** (MSPD) und einer „Freien Sozialistischen Republik Deutschland" durch Karl **Liebknecht** (USPD/Spartakusbund)

- 10. November 1918: Bildung des **„Rats der Volksbeauftragten"** als provisorische Regierung (jeweils drei Mitglieder von MSPD und USPD)
- Zusammenarbeit der neuen Regierung mit den Eliten des Kaiserreichs in Justiz, Verwaltung und Militär (z. B. Abkommen mit der Armee: **„Ebert-Groener-Pakt"** vom 10. November 1918) → Ziele: Aufrechterhaltung der inneren Ordnung, geordneter Rückzug der deutschen Truppen
- 11. November 1918: **Unterzeichnung des Waffenstillstands** durch Erzberger im Wald bei Compiègne (Frankreich) = **Ende des Ersten Weltkriegs** → harte **Bedingungen**, u. a.:
  - Räumung der von Deutschland besetzten Gebiete im Westen, des linken Rheinufers und Elsass-Lothringens; Schaffung einer entmilitarisierten Zone rechts des Rheins
  - Aufhebung des Friedensvertrags von Brest-Litowsk, Räumung der besetzten Gebiete im Osten
  - Abgabe von bestimmtem Kriegsmaterial
  - Freigabe und Rückführung aller alliierten Kriegsgefangenen
- 15. November 1918: **„Stinnes-Legien-Abkommen"** → Einigung zwischen Arbeitgebern und Gewerkschaften (Achtstundentag, Zulassung von Arbeiterausschüssen in Unternehmen)
- 28. November 1918: offizielle **Abdankung des Kaisers** → Exil in den Niederlanden

Entwicklung und Ende der Revolution

- unterschiedliche Ziele von MSPD und USPD: parlamentarische Demokratie vs. sozialistische Räterepublik → Mitte Dezember 1918: **Erster Reichskongress der Arbeiter- und Soldatenräte** in Berlin (MSPD in der Mehrheit) → Entscheidung für Wahl einer Nationalversammlung
- um Weihnachten 1918: **Unruhen in Berlin** → Einsatz von Soldaten gegen aufständische Matrosen (von der MSPD genehmigt) → Zunahme der Differenzen zwischen MSPD und USPD
- 28. Dezember 1918: **Austritt der USPD** aus dem „Rat der Volksbeauftragten"
- 1. Januar 1919: **Gründung der KPD** (Kommunistische Partei Deutschlands)
- 5.–12. Januar 1919: **Januaraufstand** der radikalen Linken in Berlin **(„Spartakusaufstand")** → bürgerkriegsähnliche Straßenkämpfe, durch Regierungstruppen und Freikorps niedergeschlagen
- 15. Januar 1919: **Ermordung** von Rosa **Luxemburg** und Karl **Liebknecht** (beide Spartakusbund) durch Freikorps-Mitglieder
- 19. Januar 1919: **Wahlen zur Nationalversammlung** (allgemeines, gleiches, unmittelbares und geheimes Wahlrecht für Männer und Frauen ab 20 Jahren) → Sieg der Mehrheitsparteien → **„Weimarer Koalition"** aus MSPD, DDP und Zentrum
- 6. Februar 1919: **Eröffnung der Nationalversammlung** in Weimar
- Frühjahr 1919: Streikwellen, lokale Aufstände, bürgerkriegsartige Zustände → zeitweise Verhängung des **Ausnahmezustands**, zahlreiche Tote und Verletzte (z. B. in Berlin und München)
- Mai 1919: **Zerschlagung der Räterepublik in Bayern** → **Ende der Revolution** von 1918/19

Bewertung

- **Bedeutung** für die deutsche Geschichte: Abschaffung der Monarchie, Einführung der **parlamentarischen Demokratie** und der Republik in Deutschland
- konkurrierende **politische Lager: Monarchisten** (Beamte, Richter, Offiziere), Unterstützer der parlamentarischen **Demokratie** (Mehrheitsparteien), **Sozialisten** (USPD, Spartakisten, KPD)
- schnelle Eindämmung der Massenbewegung (mithilfe der alten Eliten) aus **Angst vor einer radikalen Revolution** nach sowjetischem Vorbild
- letztendlich **keine vollständige Abkehr vom monarchischen Obrigkeitsstaat** (z. B. Zusammenarbeit mit den alten Eliten in Militär, Verwaltung und Justiz)

Auf einen Blick

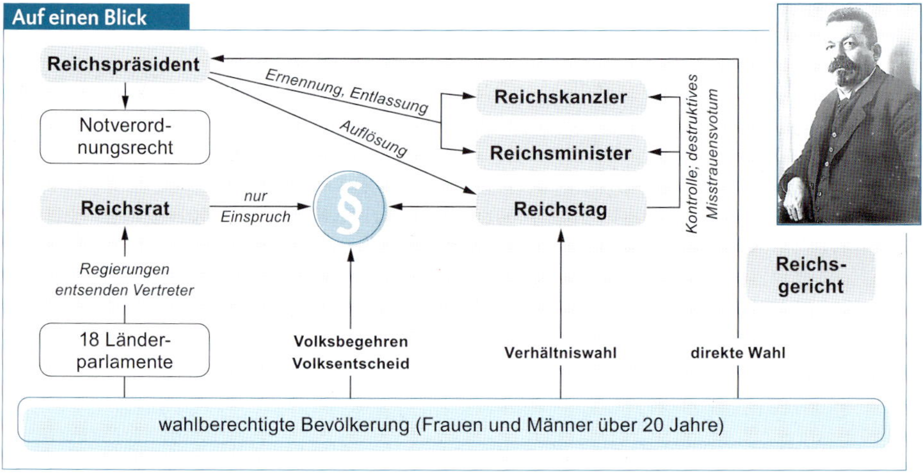

Entstehungsprozess

- unruhige Zustände in Berlin → Zusammentreten der Nationalversammlung (NV) am 6. Februar 1919 im **Nationaltheater** in **Weimar** (Anlehnung an die Ideale der Weimarer Klassik → **„Geist von Weimar“**) → dort Begründung der **„Weimarer Republik“**
- innen- und außenpolitisch **schwierige Situation:** Unruhen und Streiks in Deutschland, Vorbereitung des Versailler Vertrags durch die Siegermächte des Ersten Weltkriegs
- 11. Februar 1919: Wahl Friedrich **Eberts** (MSPD) zum **Reichspräsidenten** durch die NV
- 13. Februar 1919: Bildung des **Kabinetts Scheidemann** (Parteien der **„Weimarer Koalition“:** MSPD, DDP, Zentrum)
- Aufgabe der Nationalversammlung: **Erlass einer Verfassung** → Grundlage der Beratungen: Verfassungsentwurf des linksliberalen Staatsrechtlers Hugo **Preuß** (DDP)
- 31. Juli 1919: **Verabschiedung der „Verfassung des Deutschen Reiches“** (Zustimmung: MSPD, DDP, Zentrum – Ablehnung: DNVP, DVP, USPD)
- 11. August 1919: **Unterzeichnung** der Verfassung durch Reichspräsident **Ebert** (11. August = **Nationalfeiertag** der Weimarer Republik) → Verkündung, Inkrafttreten am 14. August 1919

Inhalte und Kontroversen

Allgemeines

- **tiefgreifende Neukonzeption** des Staatswesens: Abschaffung der Monarchie und Einführung einer **parlamentarisch-demokratischen Republik** (mit Volkssouveränität und Gewaltenteilung) → Staatsgewalt geht nun vom deutschen Volk aus
- Aufnahme liberaler **Grundrechte** (Vorbild: **Paulskirchenverfassung** von 1849) wie Gleichheit vor dem Gesetz, Freiheit der Person sowie Meinungs-, Glaubens-, Versammlungsfreiheit; Verankerung von **Grundpflichten** (z. B. Einsatz zum Wohl der Allgemeinheit)
- viele **Kompromisse** zwischen den politischen Akteuren/Ideen von 1918/19 → **kontroverse Debatten** v. a. zur Stellung von Reichstag und Reichspräsident, zur Bedeutung der Länder (Föderalismus vs. Zentralismus) und zur konkrete Ausgestaltung der Grundrechte

Verfassungsorgane

- zentrale Bedeutung des **Reichstags als Vertretung des deutschen Volks**
  - **Wahl:** alle vier Jahre; allgemeines, gleiches, unmittelbares, geheimes **Wahlrecht** für Männer und (nun auch) Frauen ab 20 Jahren; absolutes **Verhältniswahlrecht** ohne Sperrklausel
  - **Aufgaben/Rechte:** Gesetzgebung **(Legislative)**, Verabschiedung des **Haushalts**, Kontrolle der **Reichsregierung**, Ratifizierung von Staatsverträgen, Entscheidung über Krieg und Frieden, Bestätigung von Notverordnungen
  - Konkurrenz durch Reichspräsident und **plebiszitäre Elemente** (Volksbegehren, -entscheid)
- **starke Position des Reichspräsidenten**
  - **Wahl:** von der wahlberechtigten Bevölkerung direkt gewählt, lange Amtszeit (sieben Jahre)
  - **Aufgaben/Rechte:** Ernennung und Entlassung der Reichsregierung (Artikel 53), Auflösung des Reichstags (Artikel 25), Oberbefehl über die Reichswehr, völkerrechtliche Vertretung, weitreichende Befugnisse durch **Artikel 48** („Reichsexekution“, **Notverordnungen**, Außerkraftsetzung der **Grundrechte**)
- **Reichsregierung** (Reichskanzler, Reichsminister): **Exekutive**, Bestimmung der Richtlinien der Politik durch den Reichskanzler, doppelte Abhängigkeit von Reichstag und Reichspräsident
- **Reichsrat** (Vertretung der Länder): Position des Reichsrats schwächer als Stellung des Bundesrats im Kaiserreich (z. B. weniger Einfluss auf die Gesetzgebung) → insgesamt **föderaler Aufbau** des Deutschen Reichs (Einteilung in Länder) mit gestärkter **Zentralgewalt**
- **Judikative:** Reichsgericht und Gerichte der Länder, Staatsgerichtshof (für Verfassungsfragen)

Bewertung und Folgen

- erste **demokratische Verfassung** Deutschlands als neue Grundlage des politischen Lebens
- nicht nur Regelung des Staatswesens, sondern auch Aufnahme eines **Grundrechtekatalogs**
- ABER: **Schwächen** der Verfassung
  - **Parteien** als wichtige Akteure des Parlamentarismus nicht in die Verfassung aufgenommen (kritische bis ablehnende Haltung der Verfassungsväter), keine verfassungsrechtlichen Vorkehrungen gegen **demokratiefeindliche Parteien**
  - **starke**, vom Parlament unabhängige **Stellung des Reichspräsidenten** als **„Ersatzkaiser“:** durch die Direktwahl Gefahr, dass ein beliebter, aber antidemokratischer Politiker gewählt wird (siehe Hindenburg 1925/32)
  - **Verhältniswahlrecht mit fehlender Prozenthürde** für kleine Parteien → parteipolitische Zersplitterung des Reichstags → Schwierigkeit, stabile Regierungsmehrheiten zu bilden
  - **Grundrechte** können vorübergehend außer Kraft gesetzt und nicht eingeklagt werden
- Endphase der Weimarer Republik: zunehmend schwierige Regierungsbildung, starke Stellung des Reichspräsidenten (v. a. durch Kombination der Artikel 25, 48, 53) → **„Präsidialkabinette“** 1930–1933; ab 1933 Reichskanzlerschaft Adolf Hitlers → **Ende der Weimarer Republik**
- **Ausblick:** Konsequenzen im **Grundgesetz der Bundesrepublik** („Bonn ist nicht Weimar.“)
  - Verbindlichkeit und **Unantastbarkeit der Grundrechte**
  - schwächere Position des **Bundespräsidenten** (v. a. **repräsentative Funktion**), Stärkung des **Bundeskanzlers** („Kanzlerdemokratie“, konstruktives statt destruktives Misstrauensvotum)
  - **Einschränkung** von Elementen **der direkten Demokratie** (Volksabstimmungen)
  - **Fünf-Prozent-Hürde** zur Verhinderung einer parteipolitischen Zersplitterung im Bundestag
  - **„wehrhafte Demokratie“:** Verbot verfassungsfeindlicher Parteien/Organisationen möglich

Auf einen Blick

Grundsätze und Zielsetzungen

- Frankreich: dauerhafte Schwächung Deutschlands
- USA: kollektive Friedenssicherung
- Großbritannien: „Balance of Power“
- Aushandlung ohne deutsche Beteiligung („Diktatfrieden“)

Regelungen und Beschlüsse

- territorial: Verlust von ca. 13 % des deutschen Staatsgebiets
- militärisch: Beschränkung des Berufsheers und Verbot der Wehrpflicht
- politisch: „Kriegsschuldartikel“ 231
- wirtschaftlich: hohe Reparationsforderungen

Folgen und Bedeutung

- Empörung, Ablehnung des Vertrags als „Schandvertrag“
- rechte Hetze gegen Weimarer Republik: „Kriegsschuldlüge“, Dolchstoßlegende
- Revisionskonsens

▶ Instabilität des Friedensschlusses

Grundsätze und Zielsetzungen

- 18. Januar 1919: Zusammentreten von Delegationen aus 32 Ländern (ohne Vertreter der Verliererstaaten und in Bürgerkriegswirren verstricktes Russland) zur **Pariser Friedenskonferenz** → „Rat der Vier“ (USA, Großbritannien, Frankreich und Italien) als Hauptentscheidungsträger
- zentrale **Themen:** politische Neuordnung Europas, Umgang mit dem besiegten Deutschen Reich
- **Ziele** der wichtigsten Siegermächte (die „großen Drei“):
  - **Frankreich** (Georges Clemenceau): Gewährleistung der eigenen Sicherheit → **dauerhafte Schwächung Deutschlands**, Wiedergutmachung für erlittene Kriegsschäden, eigene Hegemonie in Europa und Stärkung Polens gegen Deutschland und Russland
  - **USA** (Woodrow Wilson): **kollektive Friedenssicherung** durch Bildung eines Völkerbunds (Teil des 14-Punkte-Programms von Wilson), Rückgewinnung der an die Alliierten vergebenen Kriegskredite, Erhaltung Deutschlands als Gegengewicht zu bolschewistischem Russland
  - **Großbritannien** (David Lloyd George): **„Balance of Power“** gegen französische Hegemonie, nur geringe Schwächung Deutschlands → Gegengewicht zum revolutionären Russland

→ letztlich abgeschlossener Vertrag stark von französischen Vorstellungen geprägt

- 28. April 1919: Gründung des **Völkerbunds** zur Abrüstung und friedlichen Konfliktlösung
- Aushandlung des Vertrags von den alliierten Siegermächten in Versailles **ohne deutsche Beteiligung** → 28. Juni 1919: Unterzeichnung des Vertrags durch die deutsche Delegation (Regierung Bauer) im Spiegelsaal von Versailles → keine Weigerung möglich, da Drohung der Alliierten, in Deutschland einzumarschieren und es zu besetzen → Schlagwort vom **„Diktatfrieden“**
- 10. Januar 1920: Inkrafttreten des **Versailler Vertrags**

Regelungen und Beschlüsse

Territoriale Bestimmungen

- Abtretung eines Großteils der Provinzen **Westpreußen** und **Posen**, kleinerer Teile von **Ostpreußen** und **Hinterpommern** sowie von **Ostoberschlesien** (trotz Volksabstimmung 1921) an Polen → Abtrennung Ostpreußens durch „polnischen Korridor“ vom restlichen Reich

- Erklärung **Danzigs** zur „Freien Stadt“ unter Schutz des Völkerbunds
- Abtretung des **Hultschiner Ländchens** an die Tschechoslowakei und Unterstellung des **Memelgebiets** unter Völkerbundsmandat (ab 1923 zu Litauen, ab 1924 Autonomiestatus)
- Rückgabe **Elsass-Lothringens** an Frankreich und Abtretung **Eupen-Malmedys** an Belgien
- Unterstellung des **Saargebiets** für 15 Jahre unter Völkerbundsmandat (Verfügungsgewalt über Kohlegruben für Frankreich), anschließend Volksabstimmung
- **Entmilitarisierung des Rheinlands** und militärische Kontrolle des linksrheinischen Gebiets durch die Alliierten, v. a. Frankreich (1930 vorzeitige Räumung des Rheingebiets)
- Angliederung **Nordschleswigs** nach Volksabstimmung an Dänemark
- Verlust sämtlicher **Kolonien** und **Vereinigungsverbot** mit Österreich
- insgesamt Verlust von ca. 13 % des deutschen Staatsgebiets und ca. 10 % der Bevölkerung

Militärische Bestimmungen

- **Beschränkung des Berufsheers** auf 100 000 Mann sowie der Marine auf 15 000 Mann und **Verbot der Wehrpflicht**
- **Verlust der Luftstreitkräfte** sowie von schweren Waffen, Schlachtschiffen und U-Booten
- **Entmilitarisierung des Rheinlands** in einem Streifen 50 Kilometer östlich des Rheins
- alliierte **Besatzung** der Gebiete um Aachen, Koblenz, Köln, Trier und Mainz

Politische und wirtschaftliche Bestimmungen

- Artikel 231 **(„Kriegsschuldartikel“):** Zuweisung der alleinigen Kriegsschuld an Deutschland und seine Verbündeten
- hohe **Reparationsforderungen** der Siegermächte an Deutschland:
  - **Sachleistungen:** Handelsschiffe, Lokomotiven, Maschinen, ein Viertel der Fischfangflotte, Vieh, Kohle usw.
  - **Geldzahlungen**, deren Höhe 1921 im „Londoner Zahlungsplan“ auf 132 Milliarden Goldmark festgelegt wird → weitere Regelungen im Dawes- und Young-Plan 1924/29
- Androhung **harter Strafen** (u. a. Besetzung des Lands) **bei Nichterfüllung** der Wiedergutmachungsleistungen

Folgen und Bedeutung

- **Empörung** und einhellige **Ablehnung** des Vertrags von weiten Teilen der Bevölkerung sowie der Regierung wegen Härte der Bestimmungen („**Schandvertrag**“, „Gewalt-/Schmachfrieden“) → rechte Republikgegner: **Verunglimpfung der Politiker**, die Vertrag unterzeichnen bzw. umsetzen müssen, als „Erfüllungspolitiker“
- Instrumentalisierung des Vertrags für **rechte Hetze** gegen Weimarer Republik **(„Kriegsschuldlüge“)** → Bezeichnung von Demokraten und Republikanern als „Novemberverbrecher“, die durch Revolution und Friedensverhandlungen dem siegreichen deutschen Heer in den Rücken gefallen seien **(Dolchstoßlegende)**
- **Revisionskonsens:** Revision des Versailler Vertrags als parteienübergreifendes Hauptziel künftiger deutscher Außenpolitik (in der Weimarer Republik **auf friedlichem Weg** angestrebt)
- **Schwächung der deutschen Wirtschaftskraft** durch hohe Reparationen und Gebietsverluste
- Versailler Vertrag als ein Grund für späteres **Scheitern der Weimarer Republik**
- **Instabilität des Friedensschlusses** → Zwischenkriegszeit bis 1939 nur Atempause, keine wirkliche Friedensphase

Auf einen Blick

Parteienspektrum der Weimarer Republik

Probleme/ Schwächen

- Parteien nicht Teil der Verfassung
- fehlende Regierungserfahrung
- parteipolitische Zersplitterung
- unterschiedliche Einstellung: Träger und Gegner der Republik

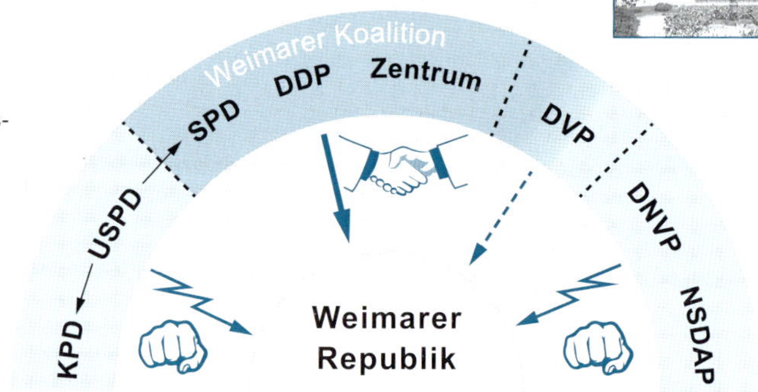

Die Parteien der Weimarer Republik

- Parteien = wichtige Akteure des Parlamentarismus, aber nicht in der Verfassung berücksichtigt; starke Kontinuität des Parteienspektrums vom Kaiserreich zur Weimarer Republik
- große Parteienlandschaft, parteipolitische **Zersplitterung** im Reichstag (durch absolutes Verhältniswahlrecht, fehlende Prozenthürde), unterschiedliche **Einstellung** gegenüber Weimar:
  - Träger: **SPD, DDP, Zentrum (= „Weimarer Koalition")**; **DVP** (unter **Stresemann**)
  - Gegner: konservative **(DNVP)**, rechts- und linksextreme Parteien **(NSDAP, KPD)** → mangelnde Koalitions- und Kooperationsbereitschaft, Behinderung der parlamentarischen Arbeit
- **kein demokratischer Grundkonsens** in der Gesellschaft, **Mangel an charismatischen Führungspersönlichkeiten** in den demokratischen Parteien, fehlende Regierungserfahrung

Parteien des linken Spektrums

KPD (Kommunistische Partei Deutschlands)

- 1918/19 aus dem Spartakusbund (Rosa **Luxemburg**, Karl **Liebknecht**) und anderen linken Gruppierungen entstanden → 1920: Anschluss des linken Flügels der USPD
- Selbstverständnis: „**Klassenpartei**" der Arbeiter → Ziele: revolutionärer Umsturz, **sozialistisches Rätesystem** → gegen Weimarer Republik und die **SPD**, Anlehnung an die Sowjetunion

USPD (Unabhängige Sozialdemokratische Partei Deutschlands)

- im April 1917 aus Protest gegen die **Kriegspolitik** von der SPD abgespalten; 1920: linker Flügel zur KPD, 1922: rechter Flügel zur SPD → USPD nur noch **Splitterpartei**
- Ziel (v. a. des linken Flügels): **sozialistisches Rätesystem**

„Weimarer Koalition" und DVP

SPD (Sozialdemokratische Partei Deutschlands)

- **Arbeiterpartei**, die auf Vorläufer von 1863/69 zurückgeht; seit 1890 SPD; 1917–1922 auch MSPD (Mehrheits-SPD) genannt (Abgrenzung zur USPD)

- **republik- und verfassungstreu** (bis zuletzt Unterstützung der Weimarer Republik), demokratisch, antimilitaristisch, Vertretung von **Arbeiterinteressen**

DDP (Deutsche Demokratische Partei)
- gegründet im November 1918, hervorgegangen aus der **Fortschrittlichen Volkspartei** und dem linken Flügel der Nationalliberalen Partei → kleine „Honoratiorenpartei"
- **bürgerlich-linksliberal**, demokratisch und **republiktreu** → großer Anteil an der Ausarbeitung der **Verfassung**, an den meisten **Reichsregierungen** beteiligt

Zentrum (Deutsche Zentrumspartei)
- katholische Volkspartei ab 1870; November 1918: Abspaltung der **BVP** (Bayerische Volkspartei)
- **republiktreu** → bis 1932 in allen Reichsregierungen (stellt oft den **Reichskanzler**); Eintreten für **christliche Werte**, bürgerliche Freiheitsrechte und soziale Gerechtigkeit (dabei aber antisozialistisch); ab Mitte der 1920er-Jahre: Entwicklung nach rechts, Annäherung an die DNVP

DVP (Deutsche Volkspartei)
- gegründet im November 1918, Nachfolgerin der **Nationalliberalen Partei**
- **national- bis rechtsliberal**; Vertretung von Mittelstand und Großindustriellen; für ein starkes Deutschland; 1919 gegen die Weimarer Verfassung und für eine konstitutionelle Monarchie
- gespalten in linken und rechten Flügel → vorübergehende Mitarbeit, aber nach dem Tod von Mitbegründer Stresemann („Vernunftrepublikaner") 1929 deutliche antidemokratische Tendenz

Parteien des rechten Spektrums

DNVP (Deutschnationale Volkspartei)
- gegründet im November 1918 aus verschiedenen **konservativen** Gruppierungen; Mitbegründer und ab 1928 Vorsitzender: Medienunternehmer Alfred **Hugenberg**
- **konservativ-monarchistisch** bis **völkisch-antisemitisch**, nationalistisch, Interessenvertretung von Schwerindustrie und Großagrariern, gegen die Republik und den Versailler Vertrag

NSDAP (Nationalsozialistische Deutsche Arbeiterpartei)
- 1919 als Deutsche Arbeiterpartei (DAP) in Bayern gegründet, 1920 in NSDAP umbenannt, Adolf **Hitler** ab 1921 Parteivorsitzender, 1925 **Neugründung** nach Verbot
- antidemokratisch, **staatsfeindlich**, rassistisch, antisemitisch; Ziele: **Diktatur**, Eroberungen

Gesellschaftliche Milieus und Gruppen

- Bestehenbleiben soziokultureller Milieus der Kaiserzeit: **Klassengesellschaft** mit Abgrenzung wirtschaftlich definierter Klassen (bestimmte Werte, Lebensweisen, politische Überzeugungen)
- **Arbeiterschaft** (40–45 % der Bevölkerung): Erhöhung des politischen Gewichts der Arbeiter, die auch oft Arbeiterparteien wählen → gemäßigt: **MSPD**; radikal-sozialistisch: **USPD, KPD**
- **Landproletariat** (ca. 25 %): besitzlose Landarbeiter oder Kleinbauern, die vom Wirtschaftsaufschwung der 1920er-Jahre kaum profitieren und **radikale Parteien** (rechts oder links) wählen
- **Bürgertum** (ca. 30 %; Vielfalt der Gruppen, u. a. kleinbürgerliche Angestellte, Kaufleute, Handwerker): meist national eingestellt, oft eher **gemäßigt-parlamentarisch orientiert**, daneben aber auch bürgerliche Vertreter der alten Eliten, konservativ-monarchistisch bis völkisch gesinnte Bürgerliche, z. B. viele Akademiker → in diesen Kreisen **kaum Unterstützung** für die Republik
- **Adel** und industrielles **Großbürgertum** sowie Großgrundbesitzer mit **feindlicher Gesinnung** gegenüber der Republik → Agitation für Rückkehr zu vordemokratischem Ständestaat

Auf einen Blick

linksradikale Kräfte

1920: linke Erhebungen im Ruhrgebiet, in Sachsen und Thüringen

alte Eliten des Kaiserreichs

- Militär
- Justiz
- Verwaltung

Demokratie
Parlamentarismus
Republik

rechtsradikale Kräfte

- Propagandamittel: Dolchstoßlegende
- Anschläge und Attentate
- 1920: Kapp-Lüttwitz-Putsch

Die Stellung der alten Eliten

- Ablehnung der republikanischen Ordnung und des Versailler Vertrags durch überwiegend konservativ, antidemokratisch, nationalistisch eingestellte **alte Eliten des Kaiserreichs** (v. a. aus Adel und Bürgertum) → kaum Unterstützung für Weimar in **Militär, Justiz und Verwaltung**
- Einstellung der **Reichswehr** gegenüber der Republik:
  - nach **Kriegsniederlage** und Republikgründung: angeschlagenes Selbstbewusstsein, keine besondere Stellung mehr wie im Kaiserreich, von den militärischen Vorgaben des **Versailler Vertrags** betroffen (Versuche der Reichswehrführung, diese Bestimmungen zu umgehen, z. B. durch militärische Zusammenarbeit mit der Sowjetunion und der Roten Armee)
  - **„Ebert-Groener-Pakt"** vom 10. November 1918: Zusammenarbeit der Politik mit der Armee → starke, kaum kontrollierbare Stellung der Reichswehr **(„Staat im Staate")** → Eingreifen gegen linke, aber nicht gegen rechte Erhebungen (z. B. Kapp-Lüttwitz-Putsch)
- konservativ eingestellte **Justiz:**
  - harte Urteile gegen links, milde Urteile oder keine Strafverfolgung gegen rechts (Justiz **„auf dem rechten Auge blind"**)
  - nach Rathenaus Ermordung 1922 zwar Erlass des **„Gesetzes zum Schutze der Republik"** durch den Reichstag (hartes Vorgehen gegen republikfeindliche Aktionen), von der Justiz aber selten gegen rechtsradikale Kräfte angewandt

Bedrohung der Republik durch extreme Kräfte

Ablehnung und Bekämpfung der Republik durch rechts- und linksradikale Kräfte; **Attacken auf Parteien und Politiker**, die die Republik unterstützen und den Versailler Vertrag umsetzen müssen (Diffamierung als „Verräter", „Novemberverbrecher" und „Erfüllungspolitiker")

extreme Linke

- Ablehnung des parlamentarisch-demokratischen Regierungssystems (wegen Herrschaft von Kapitalismus und Bürgertum), stattdessen: Wunsch nach einer **sozialistischen Räterepublik**

- **Gegner:** rechte Kräfte sowie die **Sozialdemokratie**, die die Revolution nicht vollendet und die Arbeiterschaft verraten habe (Diffamierung als „Sozialfaschisten")
- Orientierung der deutschen Kommunisten an den Bolschewisten in der **Sowjetunion** und an der **Kommunistischen Internationale** („Komintern" mit Sitz in Moskau)

extreme Rechte

- keine geschlossene Bewegung (z. B. völkisch, monarchistisch, nationalistisch geprägt)
- Gemeinsamkeiten: **Ablehnung von Republik und Demokratie**, Agitation gegen den Vertrag von Versailles („Schanddiktat"), Stimmungsmache gegen Linke (SPD, KPD), Antisemitismus
- **Dolchstoßlegende** als Propagandamittel: Behauptung, die deutschen Truppen seien nicht an der Front besiegt, sondern von linken Politikern, Revolutionären und „Novemberverbrechern" in der Heimat „erdolcht" worden; Letztere hätten Waffenstillstand und Versailler Vertrag zu verantworten → **Entlastung** der wahren Verantwortlichen, schwere **Belastung** für Weimar

Politische Gewalt und antidemokratische Entwicklung der Anfangsjahre

- 1919–1923: **unruhige und gewalttätige Anfangsjahre** der Republik, verschiedene Aktionen von rechts und links
- **rechtsradikaler Terror** (Anschläge, Attentate):
  - Entstehung von rechtsextremen, militanten „Vaterländischen Verbänden" und Geheimbünden (z. B. nationalistisch-antisemitische „Organisation Consul")
  - **Ermordung von Politikern**, die für die Kriegsniederlage, die Revolution und den Versailler Vertrag verantwortlich gemacht werden, z. B. Rosa **Luxemburg** und Karl **Liebknecht** (1919), Kurt **Eisner** (1919), Matthias **Erzberger** (1921), Walther **Rathenau** (1922); Attentat auf Philipp **Scheidemann** (1922), der den Anschlag überlebt
- **Kapp-Lüttwitz-Putsch** im März 1920:
  - rechtsextremer Putsch gegen die Reichsregierung, durchgeführt von Putschisten unter General Walther von **Lüttwitz** und dem Deutschnationalen Wolfgang **Kapp**, unterstützt durch Angehörige der **Freikorps** (v. a. **„Marinebrigade Ehrhardt"**)
  - 13. März 1920: Beginn des Putsches in Berlin → Besetzung des Regierungsviertels, Flucht von Reichspräsident und Reichsregierung, Kapp neuer Reichskanzler
  - **kein Eingreifen der Reichswehr** gegen die Putschisten: „Truppe schießt nicht auf Truppe."
  - ABER: erfolgreicher Aufruf der **Gewerkschaften** zum Generalstreik, kaum Unterstützung der Putschisten durch die Verwaltung → 17. März 1920: Zusammenbruch des Putsches, Abzug der „Marinebrigade Ehrhardt" aus Berlin, Flucht von Kapp und Lüttwitz ins Ausland
  - nach dem Ende des Aufstands milder Umgang mit den Putschisten
- **Aufstände und Aktionen von links**, z. B. im Zusammenhang mit Kapp-Lüttwitz-Putsch 1920:
  - Generalstreik → linksradikale Erhebung im **Ruhrgebiet** gegen die Reichsregierung (von Kommunisten angeführte „Rote Ruhrarmee")
  - Arbeiteraufstände in **Sachsen** und **Thüringen**
  - linke Erhebungen des Frühjahrs 1920 von Reichswehrtruppen und Freikorps niedergeschlagen
- antidemokratischer Umschwung auf Reichsebene bei den **Reichstagswahlen am 6. Juni 1920:**
  - Stimmengewinne für Parteien am Rand des politischen Spektrums (rechts: DNVP, DVP; links: USPD, KPD), **„Weimarer Koalition"** (SPD, DDP, Zentrum) verliert ihre Mehrheit dauerhaft
  - fortan instabile innenpolitische Verhältnisse und **schwierige Regierungsbildungen**
- Ereignisse des **Krisenjahrs 1923:** u. a. Ruhrkampf, Hitler-Putsch

Die Gesellschaft der Weimarer Republik

Auf einen Blick

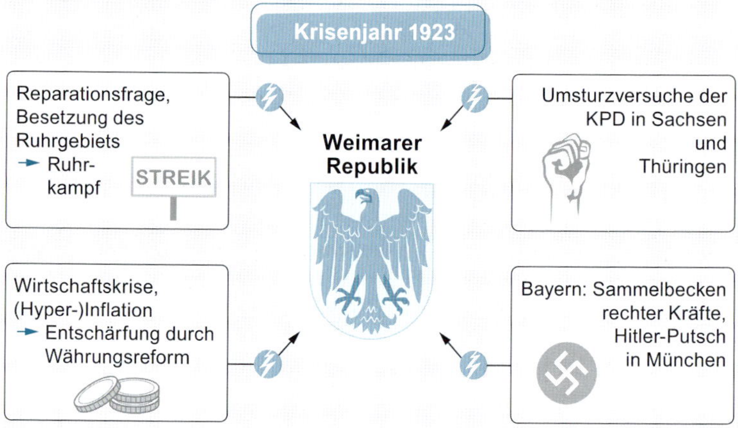

Allgemeines

- **Krisenjahr 1923:** besonders ereignisreiches Jahr während der **unruhigen Anfangsphase** der Weimarer Republik 1919–1923
- **Probleme und Konflikte**, die die Republik erschüttern und bis zu ihrem Ende nachwirken

Ruhrkampf

- Dezember 1922: **Rückstand** Deutschlands bei den Reparationen (Sachleistungen wie Holz und Kohle) → Januar 1923: **Besetzung des Ruhrgebiets** durch französische und belgische Truppen
- große Empörung im Deutschen Reich → Aufruf der Regierung unter Wilhelm Cuno (parteilos) zum **passiven Widerstand** (keine Zusammenarbeit der Bevölkerung mit den Besatzern)
- Reaktion der Besatzer: Ausweisungen, Beschlagnahmungen, Unterbindung der Kohlelieferungen ins restliche Deutsche Reich
- **aktiver Widerstand** v. a. durch rechtsradikale Kräfte („Guerillakrieg", Sabotage, Anschläge) → harte Bestrafung durch die Besatzer
- Verschlechterung der deutschen Wirtschaftslage durch hohe Kosten des letztlich erfolglosen Ruhrkampfs → Rücktritt der Regierung Cuno und Beginn des Kabinetts Gustav **Stresemann** (DVP) im August 1923 → **Abbruch des passiven Widerstands** im September 1923, endgültiger Abzug der französischen und belgischen Truppen 1925

Wirtschaftskrise und Hyperinflation

- **schwierige wirtschaftliche Lage** im Deutschen Reich:
  - finanzielle Belastungen durch den **Ersten Weltkrieg:** Finanzierung des Kriegs durch Schulden (Kredite, Anleihen), anschließend Kriegsfolgekosten (z. B. Umstellung der Wirtschaft, Versorgung von Kriegsopfern und Arbeitslosen) und Zahlung von Reparationen
  - zunehmende **Verschlechterung** der Wirtschaftslage: Entwertung der Währung und Inflation, sinkende Löhne, steigende Arbeitslosigkeit

  - **Ruhrkampf** 1923: zusätzliche **Belastung der Staatsfinanzen** → staatliche Unterstützung der streikenden Bevölkerung und Betriebe, fehlende Rohstofflieferungen aus dem Ruhrgebiet (stattdessen Importe), fehlende Staatseinnahmen (z. B. durch Steuern und Zölle)
  - aus Geldmangel: Druck von mehr Geld → Entwicklung der Inflation zur **Hyperinflation**
- Entschärfung der Wirtschaftskrise: Durchführung einer **Währungsreform**
  - August/September 1923: neue Regierung unter Stresemann, **Ende des Ruhrkampfs**
  - November 1923: Währungsreform mit Einführung der **Rentenmark** → Ende der Inflation und Stabilisierung von Wirtschaft und Finanzen in den folgenden Jahren → wichtige Voraussetzung für die Regelung der Reparationsfrage im Dawes-Plan 1924
- **politisch-gesellschaftliche Auswirkungen** der Wirtschaftskrise:
  - v. a. Belastung des Mittelstands (verliert z. B. das Geld, das er dem Staat durch Kriegsanleihen zur Verfügung gestellt hat)
  - Industrielle und Großgrundbesitzer als Profiteure der Inflation
  - propagandistische Ausnutzung der Krise durch republikfeindliche Kräfte: **Stimmungsmache** gegen die Weimarer Demokratie und gegen andere Staaten (v. a. Frankreich)

Linke Umsturzversuche

- **KPD:** Gewinn neuer Anhänger durch Ruhrkampf, Wirtschaftskrise und Hyperinflation; sowjetische Unterstützung für die Durchführung einer Revolution
- zunehmende Zusammenarbeit der KPD mit der SPD in **Sachsen** und **Thüringen** (Oktober 1923: Bildung gemeinsamer Regierungen) → Ziel der KPD, in diesen Ländern die **Revolution** auszulösen; Aufstellung von paramilitärischen **„Proletarischen Hundertschaften"**
- Herbst 1923: **Reichsexekution** gegen Sachsen und Thüringen (Einmarsch der Reichswehr)

Hitler-Putsch

- Hintergrund: politisches Klima in **Bayern** 1923
  - Bayern als **Sammelbecken rechter und antidemokratischer Kräfte** („Ordnungszelle Bayern") → kein Verbot der NSDAP, zunehmender Einfluss rechtsradikaler, völkischer und nationalistischer Kräfte („Vaterländische Verbände")
  - sehr rechtsorientierte Regierung, Konflikte mit der Reichsregierung in Berlin
  - September 1923: Verhängung des **Ausnahmezustands** durch die bayerische Regierung → Gustav Ritter von **Kahr** als Generalstaatskommissar mit diktatorischen Befugnissen, **„Triumvirat"** Kahrs mit General Otto von **Lossow** (Reichswehr) und Hans von **Seißer** (Polizei)
  - Herbst 1923: eigenmächtiges Handeln der Reichswehr in Bayern → Verweigerung gegenüber Befehlen der Reichswehrführung, Zusammenarbeit mit der bayerischen Regierung
- 8./9. November 1923: **Putsch** rechtsextremer Kräfte um Adolf **Hitler** und General Erich **Ludendorff** in München
  - Ausrufung der **„nationalen Revolution"** am 8. November 1923: Putschisten erklären die bayerische Regierung sowie die Reichsregierung für abgesetzt → **neue Reichsregierung** soll aus Ludendorff, Hitler, Lossow und Seißer bestehen
  - ABER: Kahr, Lossow und Seißer distanzieren sich von den Putschisten und schalten Reichswehr und bayerische Polizei ein → 9. November 1923: **Niederschlagung des Putsches** während des Marsches zur Feldherrnhalle (20 Tote)
  - April 1924: milde Gerichtsurteile → mehrmonatige Festungshaft für Hitler in Landsberg am Lech (dort Arbeit an ***Mein Kampf***) und **vorübergehendes Verbot der NSDAP**

Auf einen Blick

Goldene Zwanzigerjahre?

- ⊕ innenpolitische Stabilisierung, außenpolitische Erfolge (Stresemann)
- ⊕ Wirtschaftsaufschwung
- ⊕ Regelung der Reparationszahlungen
- ⊕ soziale Verbesserungen
- ⊕ Emanzipation der Frau
- ⊕ vielfältige Hoch- und Massenkultur
- ⊕ zunehmende Technisierung und Mobilität

➡ Fortschrittsglaube und Begeisterung für die Moderne

- ⊖ zunehmende Radikalisierung
- ⊖ weiterhin hohe Arbeitslosigkeit
- ⊖ Abhängigkeit von ausländischem Kapital
- ⊖ weiterhin große soziale Unterschiede
- ⊖ nur langsame Veränderung alter Rollenbilder
- ⊖ teils Rückwendung zu überholten Werten und Weltbildern
- ⊖ Überforderung, Reizüberflutung

➡ Fortschrittspessimismus und Verachtung für die Moderne

im Vergleich mit Elend und Chaos der Nachkriegszeit sowie mit Weltwirtschaftskrise und Nationalsozialismus Eindruck von „Goldenen Zwanzigerjahren" ➡ nur relative, aber nicht absolute Phase der Stabilität

Politik und Wirtschaft in der „Ära Stresemann"

Gustav Stresemann (1878–1929) als Repräsentant der Zeit

- **„Ära Stresemann"** = nach Stresemann benannte Phase der Republik **(1923/24–1929)**
- politische Karriere: im Kaiserreich Reichstagsabgeordneter der Nationalliberalen Partei, 1918 Mitbegründer und Vorsitzender der DVP, ab 1919 Mitglied der Nationalversammlung bzw. des Reichstags, 1923 kurzzeitig Reichskanzler, anschließend **1923–1929 Außenminister**
- national eingestellter **„Vernunftrepublikaner":** Unterstützung der Republik nicht aus Überzeugung (Ziel der DVP 1919: friedliche Rückkehr zur Monarchie), sondern aus **Realismus**
- Tod am 3. Oktober 1929 → Ende der „Ära Stresemann"

Stresemanns Außenpolitik

- Ziele: **friedliche Revision des Versailler Vertrags**, Ende der außenpolitischen Isolation, aber nur unter Berücksichtigung der Interessen der Westmächte → v. a. **Ausgleich mit Frankreich** (1926: Friedensnobelpreis für Stresemann und Frankreichs Außenminister Aristide Briand)
- **Locarno-Verträge** (Oktober 1925) mit Frankreich, Belgien, Polen und der Tschechoslowakei: Anerkennung der Grenzen im Westen, Revision der Grenzen im Osten nur auf friedlichem Weg, Gewaltverzicht und friedliche Beilegung von Konflikten
- **Berliner Vertrag** (April 1926): weiter Annäherung an die Sowjetunion als Reaktion auf Locarno (1922 bereits Aufnahme diplomatisch-wirtschaftlicher Beziehungen im **Vertrag von Rapallo**)
- Eintritt in den **Völkerbund** (September 1926) mit ständigem Sitz im Völkerbundsrat → Rückkehr in die Außenpolitik als europäische Großmacht; Beitritt zum **„Briand-Kellogg-Pakt":** Ächtung von Angriffskriegen als Mittel der Politik (1928)

Entwicklung von Innenpolitik und Wirtschaft

- Herbst 1923: Ende des Ruhrkampfs, Durchführung einer **Währungsreform**, Ende der Hyperinflation → wichtige Voraussetzungen für die Erholung der Wirtschaft
- relative **politische Stabilität**, gewisses **wirtschaftliches Wachstum** (weiterhin Ausbau des Industrie- und Dienstleistungsstaats), **kulturelle Blüte** → **„Goldene Zwanziger"** 1924–1929
- Fortschritte in der Reparationsfrage:

  - **Dawes-Plan** 1924: Festlegungen der Raten und Zahlungsweise, Reintegration Deutschlands in die Weltwirtschaft, dabei aber **Abhängigkeit von ausländischem Kapital**
  - **Young-Plan** 1929: Senkung und zeitliche Begrenzung (1988) der Reparationen; ABER: Konferenz von Lausanne 1932: Erlass der Reparationen bei Zahlung einer Restschuld (nie geleistet)
- **soziale Verbesserungen:** Einführung der Arbeitslosenversicherung 1927, sozialer Wohnungsbau, Förderung von Bildung; ABER: weiter hohe Arbeitslosigkeit, soziale Not gewisser Schichten

Lebensgefühl, Kultur und Wissenschaft

Massengesellschaft und Massenkultur

- Entstehung einer **Massengesellschaft:** Teilhabe an Konsum, Wohlstand, Kultur, Freizeit und Sport für immer mehr Menschen; ABER: nur zum Teil Auflösung existierender Milieu-/Klassengegensätze, deutliche Unterschiede zwischen Stadt und Land
- blühendes Kulturleben in Städten (v. a. **Berlin** = international bedeutendes Kulturzentrum), vielfältiges Angebot (u. a. Oper, Theater, Kabarett, Varieté), Boom der Presse, steigende Bedeutung **neuer Medien:** Rundfunk, Schallplatte, Fernsehen, Kino
- hedonistisches, oft überdrehtes Lebensgefühl; **Jagd nach Unterhaltung**; **Amerikanisierung** = Vermittlung eines sorglosen „American way of life“ (z. B. im Hollywood-Film), Übernahme amerikanischer Musik-, Sport- und Modetrends (z. B. Swing, Charleston, Boxen, Flapperkleider)
- zunehmende **Technisierung und Mobilität**, v. a. in Großstädten: Motorisierung (Auto, Motorrad), Elektrifizierung (Straßenbahn, Beleuchtung, Haushaltsgeräte), Kommunikation (Telefon) → ABER: Nutzung oft vermögensabhängig, Überforderung (hohes Tempo, Reizüberflutung)
- einerseits Fortschrittsglaube, **Begeisterung für die Moderne** (v. a. in Städten), freiere Entfaltung; andererseits Fortschrittspessimismus; **Verachtung für die Moderne**, den Amerikanismus und den vermeintlichen Sittenverfall; antiliberaler Elite-/Führerglaube (v. a. auf dem Land)

Vielfalt der Hochkultur und wissenschaftliche Blüte

- **Meinungs- und Kunstfreiheit** → große Experimentierfreudigkeit, künstlerische **Avantgarde:**
  - klarer, sachlicher Stil der **Bauhaus-Schule** von Walter Gropius in Weimar bzw. Dessau als weltweites Vorbild moderner Architektur („Ikone der Moderne“); **Design** als neue Kunstform
  - in Kunst und Literatur Fortführung des **Expressionismus** (z. B. George Grosz, Käthe Kollwitz) sowie Entstehung der **Neuen Sachlichkeit** (z. B. Otto Dix, George Grosz)
  - weltweit beachtete Werke in Theater und Film, z. B. **episches Theater** Bertolt Brechts; blühendes literarisches Leben (u. a. Hermann Hesse, Thomas Mann, Gerhart Hauptmann)
- **Nobelpreise** für viele Wissenschaftler und Künstler (z. B. Albert Einstein, Thomas Mann), Gründung neuer Universitäten, verstärkte **Forschung** u. a. in Chemie, Medizin und Physik

Rollenbild und Stellung der Frau

- grundsätzlich rechtliche Gleichstellung der Geschlechter in der Verfassung, Politisierung der Frau durch Einführung des **aktiven/passiven Frauenwahlrechts** 1918/19 (erste Frauen in Parlamenten); ABER: keine völlige rechtliche Gleichheit, nur langsame Veränderung alter Rollenbilder
- **Frauenerwerbstätigkeit** zur Sicherung des Familieneinkommens, ABER: nach Ende des Kriegs meist wieder Verdrängung aus „Männerberufen“ (z. B. in der Industrie) → Beschäftigung überwiegend in „Frauenberufen“als Stenotypistin, Sekretärin, Verkäuferin, Volksschullehrerin
- „Entdeckung der modernen Frau“ mit Interessen neben Mutter-/Hausfrauenrolle → **Wunsch nach Emanzipation** (z. B. Debatte über „Abtreibungsparagraf“ 218), **„neue Frau“** mit provokantem Styling („Bubikopf“, freizügigere Kleidung), berühmte Vorbilder wie Marlene Dietrich

Die Gesellschaft der Weimarer Republik

Auf einen Blick

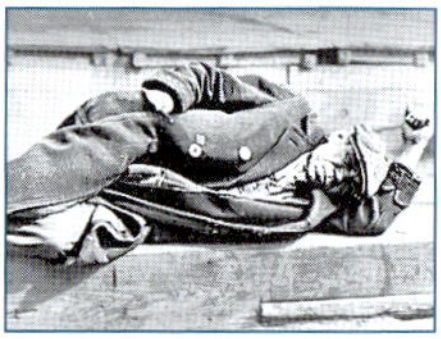

Weltwirtschaftskrise

- 1920er-Jahre: Überproduktion und Finanzspekulation in den USA
- Oktober 1929: Börsencrash in New York
- weltweite Wirtschafts- und Finanzkrise

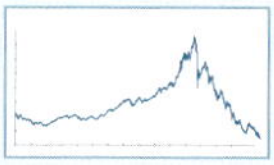

in Deutschland

wirtschaftliche Folgen

- harte Auswirkungen wegen starker Abhängigkeit vom Ausland (Kredite, Exporte)
- Schließung vieler Banken und Unternehmen
- Massenarbeitslosigkeit, zunehmende Armut, große Verzweiflung

politische Radikalisierung

- Legitimationsverlust der regierenden Parteien und Zulauf zu radikalen Parteien (v. a. NSDAP)
- 1930: Bruch der Großen Koalition und Beginn der „Präsidialkabinette" → Reichspräsident als entscheidende Figur (statt Reichstag)
- zunehmende Gewalt auf den Straßen zwischen Nationalsozialisten und Kommunisten
- 30.01.1933: Ernennung Hitlers zum Reichskanzler

Ausbruch und Verlauf der Weltwirtschaftskrise (ab 1929)

- Erster Weltkrieg: abruptes Ende des anhaltenden konjunkturellen Aufschwungs und empfindliche **Störung des globalen Handels- und Währungssystems**
- seit Mitte der 1920er-Jahre: überhöhtes Wirtschaftswachstum in den USA (angeheizt durch Börsenspekulationen) → **Überproduktion:** Güterangebot weit größer als Nachfrage
- 24./25. Oktober 1929: „Black Thursday"/**„Schwarzer Freitag"** an New Yorker Börse mit **Kurseinbrüchen** nach übermäßigen Investitionen → Platzen der Spekulationsblase, schwere **Wirtschaftskrise** in den USA: Banken und Unternehmen bankrott, viele Entlassungen
- **Ausweitung** des Börsenkrachs **zur Weltwirtschaftskrise:**
  - Verringerung des internationalen Warenaustauschs; Verschärfung des Handelsrückgangs durch amerikanische **Schutzzollpolitik**, die ausländische Importe in die USA erschwert
  - Beschleunigung der Rezession durch **Rückforderung amerikanischer Auslandskredite** aus Europa → Übergreifen der Wirtschaftskrise auf den europäischen Kontinent
  - besondere Lage in Deutschland: großer **Kapitalmangel**, u. a. wegen hoher **Reparationen** → ab 1923/24: Aufnahme kurzfristiger Kredite bei US-Banken → starke **Abhängigkeit von ausländischem, v. a. amerikanischem Kapital**, vom Export eigener Produkte ins Ausland und vom internationalen Finanzsystem

Folgen und Krisenentscheidungen in Deutschland

- **drohende Zahlungsunfähigkeit** deutscher Banken, starke Erschütterung des Vertrauens in deutsches Finanzsystem durch **Zusammenbruch der „Danatbank"** (Darmstädter und Nationalbank) 1931, Schließung zahlreicher Unternehmen
- **Rückgang der Industrieproduktion**, da weniger Nachfrage im Inland und weniger Exporte
- Senkung der Löhne, starker **Anstieg der Arbeitslosenzahlen** (bis 1932 auf rund 6 Millionen)
- wegen geringer sozialer Absicherung **schwere soziale Krise:** Hungersnot und Massenelend bei Arbeitslosen, Unter- und Mangelernährung bei Kindern, vermehrt Schwangerschaftsabbrüche
- **Flucht aus den Städten** aufs Land in der Hoffnung auf Arbeit und Nahrungsmittel

- psychische Folgen: Gefühl von Nutzlosigkeit und Hoffnungslosigkeit, sinkendes Vertrauen in die Politik → Legitimationsverlust der regierenden Parteien, **Zulauf zu radikalen Parteien**
- 1930: **Streit um** die Finanzierung der 1927 eingeführten **Arbeitslosenversicherung**, die die Massenarbeitslosigkeit nicht auffangen kann → **Zerbrechen der** 1928 gebildeten **Großen Koalition** (Zentrum, DVP, DDP, BVP, SPD) unter Kanzler Hermann Müller (SPD)
- 1930–1932: eiserne **Sparpolitik** der Regierung unter Heinrich Brüning (Zentrum, „Hungerkanzler") → **Deflationspolitik**, Verzicht auf Ankurbelung der Wirtschaft und Arbeitsbeschaffungsmaßnahmen, stattdessen Kürzung von Staatsausgaben, Senkung der Gehälter im öffentlichen Dienst, Steuererhöhungen, Abbau von Sozialleistungen
  - **Verschärfung der Wirtschaftskrise** und wachsende **Radikalisierung der politischen Landschaft**
  - anderes Vorgehen in den **USA: „New Deal"** (Franklin D. Roosevelt, ab 1933) → Übernahme wirtschaftlicher Verantwortung durch den Staat, Reformen statt Festhalten an überkommenen Strukturen/Werten: Arbeitsbeschaffungsmaßnahmen, Subventionen, günstige Kredite, Steuererhöhungen, Stärkung von Gewerkschaften, Renten- und Arbeitslosenunterstützung

Politische Radikalisierung und Scheitern der Weimarer Republik

- 1930: nach Bruch der Großen Koalition **Beginn der „Präsidialkabinette"**, zuerst unter Reichskanzler Brüning → Regierung ohne Parlamentsmehrheit durch **Notverordnungen** (Art. 48), abhängig vom Vertrauen des Reichspräsidenten Paul von Hindenburg (1925 nach Eberts Tod gewählt) → Reichstagsauflösung (Art. 25) bei Widerspruch gegen Notverordnungen
- Einfluss rechtskonservative Berater **(„Kamarilla")** auf den **Monarchisten Hindenburg**
- Reichstagswahl 1930: **NSDAP** wird **zweitstärkste Fraktion** → zeitweise Tolerierung der Regierung Brüning durch SPD und gemäßigte Bürgerliche
- Mai/Juni 1932: **Sturz Brünings** durch Hindenburg → **Ernennung Franz von Papens** zum Reichskanzler, **„Kabinett der Barone"** (da v. a. deutschnationale Adlige)
- Aufhebung des von Brüning erlassenen SA- und SS-Verbots → erneut steigende **Gewalt zwischen Kampfverbänden:** neben SA und SS (NSDAP) v. a. Roter Frontkämpferbund (KPD), zudem Stahlhelm (DNVP), Reichsbanner Schwarz-Rot-Gold und Eiserne Front (Republiktreue)
- **Straßenkämpfe zwischen SA und Kommunisten** als Anlass für Papen und Hindenburg, die demokratische, von der SPD geführte Minderheitsregierung in Preußen abzusetzen **(„Preußenschlag")** = Verlust der letzten Machtposition der Republiktreuen in der Exekutive
- Juli 1932: Auflösung des Reichstags durch Hindenburg → Neuwahlen mit Mehrheit für die republikfeindlichen Kommunisten und Nationalsozialisten, **NSDAP = stärkste Partei**, ABER: Weigerung Hindenburgs, Hitler zum Reichskanzler zu ernennen
- Misstrauensvotum des Reichstags gegen weiterregierenden Papen → **Reichstagsauflösung**, November 1932: **Neuwahlen** → keine regierungsfähige Mehrheit, Papen zunächst noch im Amt, aber bald darauf Entlassung durch Hindenburg
- Dezember 1932: **Ernennung Kurt von Schleichers**, der eine breite parlamentarische Basis für seine Wirtschafts- und Sozialpolitik sucht **(„sozialer General")** und schließlich versucht, eine präsidiale Diktatur durchzusetzen **(„Staatsnotstandsplan")**
- **Scheitern Schleichers** → Bereitschaft Hitlers, Koalitionsregierung mit Deutschnationalen und parteilosen Konservativen zu bilden → Versicherung Papens, die Nationalsozialisten in einer gemeinsamen Regierung zu „zähmen" („Zähmungskonzept")
- 30. Januar 1933: **Ernennung Hitlers zum Reichskanzler** durch Reichspräsident Hindenburg

Auf einen Blick

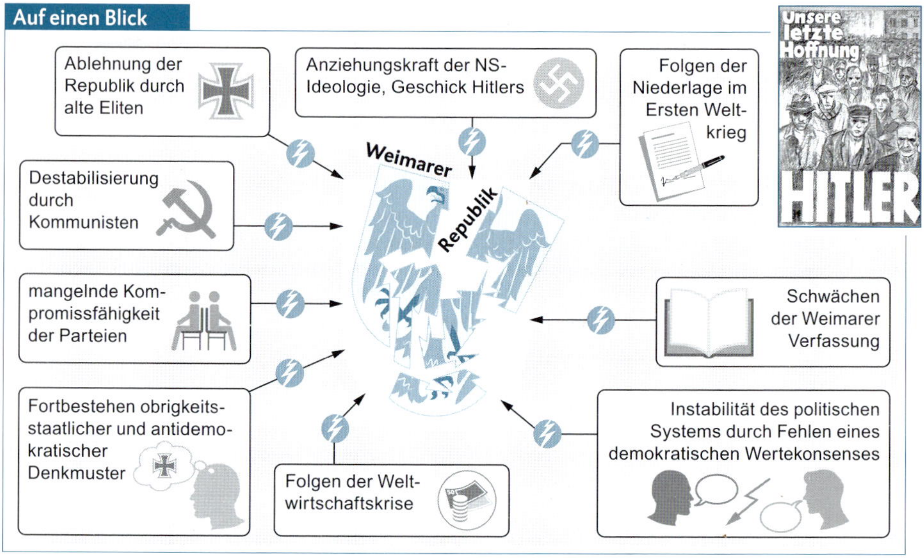

Der Aufstieg der NSDAP bis zur Machtübernahme 1933

- 5. Januar 1919: **Gründung** der völkisch-antisemitischen **Deutschen Arbeiterpartei** (DAP) in München (Hintergrund: **Kriegsniederlage**, Revolution, Zusammenbruch Deutschlands)
- September 1919: **Eintritt** Adolf **Hitlers** in die DAP → Zuständigkeit für **Parteipropaganda**
- 24. Februar 1920: Umbenennung der DAP in **Nationalsozialistische Deutsche Arbeiterpartei (NSDAP)**, Veröffentlichung des **„25-Punkte-Programms“** → Inhalte/Forderungen: u. a. Aufhebung des **Versailler Vertrags**, Ablehnung der deutschen Staatsbürgerschaft für **jüdische Bevölkerung**, Errichtung eines **großdeutschen Staats**
- 1921: **Parteivorsitz** für Hitler, Gründung der Kampforganisation **„Sturmabteilung“** (SA)
- vor dem Hintergrund der Krisen der frühen Republik (v. a. 1923): **steigende Mitgliederzahlen** und **Ausbreitung** der NSDAP; zunehmender Einfluss durch aggressive **Propaganda**, Hitlers **rhetorische Fähigkeiten**, bewusst inszenierte **Massenveranstaltungen**, **Straßenterror** der SA, Unterstützung durch einflussreiche **bayerische Kreise** sowie Angehörige der **Reichswehr**
- 8./9. November 1923: gescheiterter **Hitler-Putsch** in München
  - vorübergehendes **Verbot der NSDAP**
  - mehrmonatige **Festungshaft Hitlers** (Landsberg am Lech), Arbeit an ***Mein Kampf*** = Hitlers weltanschaulich-politische Vorstellungen; v. a. **„Rassenfrage“**, Eroberung von **„Lebensraum im Osten“** für das „arische“ deutsche Volk → zentrale Basis der rassistisch-antisemitischen, nationalistischen, antiliberalen, antibolschewistischen, sozialdarwinistischen **NS-Ideologie**
- 27. Februar 1925: **Neugründung** der NSDAP durch Hitler (zunächst **Splitterpartei**) mit strafferer Organisation und klarer Abgrenzung von anderen völkisch-nationalistischen Parteien, umfassende **Ausrichtung auf Hitler**, Übergang zur **„Legalitätstaktik“** = Erlangung der politischen Macht auf **legalem Weg** (Gewinn von Wählerstimmen, Mehrheiten in den Parlamenten)
- Entstehung verschiedener **NS-Organisationen**, z. B. **Schutzstaffel** (SS), **Hitlerjugend** (HJ), Nationalsozialistischer Deutscher Studentenbund, Nationalsozialistischer Deutscher Ärztebund

- **steigende Mitgliederzahlen** und Ausdehnung über das gesamte Deutsche Reich
- 1929: Agitation gegen den **Young-Plan** mit **DNVP** (unter Medienmogul Alfred **Hugenberg**) und „**Stahlhelm**", ABER: Scheitern des **Volksentscheids** vom 22. Dezember 1929
- höhere Bekanntheit durch Widerstand gegen den Young-Plan und Zusammenarbeit mit der DNVP sowie Verzweiflung vieler Bürger (Weltwirtschaftskrise) → **Durchbruch** der NSDAP
  - 1930 zweitstärkste, 1932 **stärkste Partei** bei Reichstagswahlen
  - große Wahlerfolge in verschiedenen Ländern des Deutschen Reichs
  - Aufstieg von der Splitter- zur **Massenpartei**
- **Wähler/Mitglieder der NSDAP:** Militärs (z. B. ehemalige Freikorps), Gegner der demokratisch-republikanischen Ordnung, Angehörige von Mittelschicht und Bürgertum (z. B. Beamte, Selbstständige), Bevölkerung in ländlich-protestantischen Gebieten, Teile der Arbeiterschaft → Wähler aus allen Bevölkerungsschichten, Auffangbecken für Hoffnungslose mit Sehnsucht nach starker Führungsfigur → NSDAP als erste **klassen- und milieuübergreifende Volkspartei**
- **Reichspräsidentenwahl** 1932: Hitler verliert gegen Amtsinhaber Paul von **Hindenburg**
- 30. Januar 1933: Ernennung Hitlers zum Reichskanzler, Regierungskoalition aus NSDAP und DNVP → endgültiges Scheitern der Weimarer Republik und **Beginn der NS-Diktatur**

Zusammenfassung: Gründe für das Scheitern von Weimar

weitgehende Einigkeit unter Historikern: **multikausale Untersuchung des Scheiterns der Weimarer Republik** und des Aufstiegs des Nationalsozialismus **notwendig** (wenn auch unterschiedliche Gewichtung einzelner Gründe) → Zusammenspiel von Faktoren aus verschiedenen Bereichen (Politik, Wirtschaft, Gesellschaft, Soziales, Kultur)

- kein umfassender Bruch der **Revolution 1918/19** mit dem politischen, wirtschaftlichen und gesellschaftlichen System der Kaiserzeit → u. a. **Ablehnung der Republik durch alte Eliten** des Kaiserreichs, die in Machtpositionen (Militär, Verwaltung, Justiz) geblieben sind
- **Schwächen der Verfassung von 1919** (z. B. Zulassung von Splitterparteien im Parlament, starke Rolle des Reichspräsidenten), die sich v. a. in der kritischen Endphase von Weimar zeigen und besonders durch rechtskonservativ-autoritäre Kreise um Reichspräsident Hindenburg und seine „Kamarilla" ausgenutzt werden
- Belastungen durch die **Niederlage im Ersten Weltkrieg:** Staatsschulden, **Inflation**, Vertrauensverlust der Bevölkerung, **Versailler Vertrag**, kollektives Gefühl ungerechter Behandlung → **Nährboden für rechte Propaganda** (Kriegsunschuld- und **Dolchstoßlegende**)
- **Fortbestehen obrigkeitsstaatlicher, antidemokratischer Denkmuster** bei Großteil der Bevölkerung anstelle von demokratischem Bewusstsein → latente **Instabilität des politischen Systems** durch Fehlen eines demokratischen Wertekonsenses
- **fehlende Bereitschaft der Parteien zur Zusammenarbeit** (mangelnde Regierungstradition, Egoismus, Rivalitäten), selbst bei republiktreuen Parteien **zu wenig Einsatz** für die Republik
- **Destabilisierung der Republik durch Kommunisten:** Abhängigkeit von Moskau, Gegnerschaft zur SPD (keine gemeinsame Front der Arbeiterschaft gegen die NSDAP), hemmendes Verhalten im Parlament, Straßenkämpfe → verbreitete Furcht vor bolschewistischer Revolution
- **Folgen der Weltwirtschaftskrise:** Verstärkung bereits vorhandener antidemokratischer und nationalistischer Einstellungen, Radikalisierung der vom Elend bedrohten Bevölkerung
- **Anziehungskraft der NS-Ideologie**, die mit zunehmender wirtschaftlich-politischer Krise steigt; **Geschick Hitlers**, der konsequent Fehler und Schwächen der Demokraten ausnutzt

Auf einen Blick

Begrifflichkeiten

- **Geschichte** = vergangenes Geschehen sowie Erforschung, Deutung und Darstellung vergangener Ereignisse, Vorgänge und Handlungen
- **Geschichtsbewusstsein** = Bewusstsein von der Geschichtlichkeit des Menschen und der von ihm geschaffenen Einrichtungen, Kulturen und Erkenntnisse
- Grundlage für **historisches Wissen:** kritische Auswertung und Interpretation überlieferter **Zeugnisse aus der Vergangenheit** (durch Historikerinnen und Historiker)
- **Geschichtskultur** = alle **Erscheinungsformen von Geschichte** (historisches Lernen, historisches Wissen, historische Produktionen wie z. B. Bücher oder Filme) in einer Gesellschaft
- **Erinnerungskultur** = funktionaler Gebrauch der Vergangenheit: **Umgang** des Einzelnen und **der Gesellschaft mit Geschichte** → drei Bedeutungen des Begriffs nach Aleida Assmann:
  - **Pluralisierung** (Entstehung einer Vielfalt) und Intensivierung **der Beschäftigung mit der Vergangenheit**, die nicht mehr auf akademischen Bereich beschränkt ist
  - **Aneignung der Vergangenheit durch eine Gruppe** mit identitätsstiftender Wirkung
  - „ethische Erinnerungskultur“ als **kritische Auseinandersetzung mit Staats- und Gesellschaftsverbrechen**, besonders aus der Opferperspektive
- **kollektives Gedächtnis** (Maurice Halbwachs) = gemeinsame **Gedächtnisleistung von Menschen eines Kollektivs**, die den **Rahmen für ethische Normen** und gültigen Verhaltenskodex bildet und auch die individuelle Erinnerung beeinflusst → Weiterentwicklung und Differenzierung der Theorie durch Jan Assmann mithilfe der folgenden Begrifflichkeiten:
  - **kommunikatives Gedächtnis:** mündlich weitergegebene Erfahrungen und Traditionen → auf zwei bis vier Generationen beschränkt und von großer **Alltagsnähe** gekennzeichnet
  - **kulturelles Gedächtnis:** Kunst- und Kulturgegenstände sowie schriftliche Überlieferungen, die weit in die Vergangenheit zurückreichen → nur **wiederholte symbolische Inszenierung** der erinnerten Ereignisse sorgt für Präsenz des Vergangenen → Wandlung zum Mythos
- **soziales Gedächtnis** = archivierte Form des kollektiven Gedächtnisses, z. B. Bücher- oder Bildersammlung

Formen historischer Erinnerung

- Anlage von **Grabmälern, Friedhöfen und Mausoleen** als älteste Form der Erinnerungskultur, z. B. Pyramiden von Gizeh
- **Familienalben**, **Ahnenforschung** oder Feier **persönlicher Jubiläen** als private oder subjektive Formen der Erinnerungskultur
- **Archive**, deren Materialien zur Erschließung historischer Sachverhalte durch Geschichtswissenschaft genutzt werden → **Aufbereitung der Inhalte** in Monografien, Festschriften oder Zeitschriftenartikeln
- **Museen** und **Ausstellungen** zur öffentlichen Dokumentation und **medialen Darstellung** von Geschichte
- **Denkmäler** für Personen und historische Ereignisse, z. B. Kriegerdenkmal, Mahnmal, Nationaldenkmal
- **öffentliche Veranstaltungen**, die meist staatlicher Lenkung unterworfen sind, z. B. Gestaltung von **Gedenk- und Feiertagen** sowie **Preis- bzw. Ordensverleihungen**
- **Straßenbenennungen** nach historischen Persönlichkeiten oder Ereignissen, z. B. „Straße des 17. Juni" in Berlin als Erinnerung an den Volksaufstand in der DDR am 17. Juni 1953
- **Gedenkstätten** an Orten von historischer Bedeutung (z. B. Konzentrations- und Vernichtungslager der Nationalsozialisten), aber auch **dezentrale Gedenkorte** (z. B. Stolpersteine vor ehemaligen Wohnhäusern von Juden)
- Konservierung und Rekonstruktion **historischer Gebäude**, z. B. Wiederaufbau des Stadtschlosses in Berlin
- Erinnerung durch **szenisches oder funktionales Handeln**, z. B. Reenactment-Veranstaltungen (Nachstellen historischer Ereignisse) oder Betrieb historischer Verkehrsmittel
- Rezeption von **Romanen**, **Filmen und Fernsehsendungen** mit geschichtlichen Inhalten
- Betrachten von **Kunstwerken**, Hören von **Musik** sowie Teilnahme an **religiösen Ritualen**
- mündliche Tradierung historischer Erfahrungen, u. a. auch von **Sagen**, **Legenden und Mythen**

Funktionen historischer Erinnerung

- Erklärung der Gegenwart und **Sinnstiftung** durch Vergegenwärtigung des Vergangenen → institutionalisiertes Erinnern zeigt, was einer Gesellschaft besonders wichtig ist, und dient der **Systemstabilisierung**
- **Identitätsstiftung** und Begründung einer „Wir"-Gemeinschaft → ABER: **Gefahr der Geschichtsfälschung**, wenn gegenwärtige Handlungen historisch gerechtfertigt und starke gesellschaftliche Bindungen erzeugt werden sollen, z. B. **Nationsmythen** des 19. Jahrhunderts
- **Lernen aus der Geschichte?**
  - von der Antike bis ins 18. Jahrhundert: Vorstellung von der **Geschichte als „Lehrmeisterin des Lebens"** (Cicero) → Hoffnung, aus Analyse der Vergangenheit Grundsätze und Regeln für richtiges und vernünftiges Verhalten in der Gegenwart ableiten zu können
  - ab Ende des 18. Jahrhunderts: Überzeugung von der Einmaligkeit und **Unwiederholbarkeit geschichtlicher Erscheinungen**, die immer an besondere Umstände geknüpft sind → keine Möglichkeit, aus Vergangenheit konkrete Problemlösungen für die Gegenwart abzuleiten
  - heutige Sicht: Geschichte als **Orientierung über eigene Herkunft** und Möglichkeit zur **Erweiterung des Horizonts** → eher indirekte Beeinflussung und **Bereicherung der Gegenwart** durch Beschäftigung mit Vergangenheit
- Erinnerung an geschehenes Unrecht als **Voraussetzung für Versöhnung**

Auf einen Blick

Nationale Gedenk-/Feiertage in Deutschland und anderen Ländern

11. August
Verfassungstag der Weimarer Republik

3. Oktober
Tag der Deutschen Einheit in Deutschland

9. November
Gedenktag (Reichspogromnacht, Mauerfall) in Deutschland

April/Mai
Holocaust-Gedenktag (Yom HaShoa) in Israel

9. Mai
Tag des Sieges in Russland

4. Juli
Independence Day in den USA

14. Juli
Nationalfeiertag in Frankreich

Funktionen von Jahrestagen (nach Aleida Assmann)

- Anlässe für Interaktion und Partizipation: Schaffung eines **Raums der organisierten Wiederkehr von Vergangenheit** → Einbettung der Vergangenheit in die Gegenwart
- Gelegenheit für **Wir-Inszenierungen:** Gemeinschaften können sich als kollektive Identität in der Anonymität der individualisierten demokratischen Gesellschaft darstellen
- **Anstoß zur Reflexion:** regelmäßige Wiederkehr und starke Ritualisierung verwandeln Geschichte in **Mythos**, **kontroverse Neudeutungen** des Ereignisses verwandeln Mythos dann wieder in **Geschichte**
- **Ziele:** Suche nach **Orientierung** und Vergewisserung von **Identität**

Holocaust-Gedenktag in Israel

- 21. April 1951: Festsetzung des Holocaust-Gedenktags **(Yom HaShoa)** auf 27. Nissan des hebräischen Kalenders (Ende April/Anfang Mai), aber zunächst keine offiziellen Veranstaltungen
- Entstehung von Initiativen zu gesetzlicher Regelung → April 1959: **Gesetz zum Gedenktag an Shoa und Heldentum**, um Opfern des **Holocaust** sowie **jüdischem Widerstand** und Helden des **Aufstands im Warschauer Getto** 1943 zu gedenken
- Datumsvorschlag: zunächst Beginn des Aufstands im Warschauer Getto (14./15. Nissan), ABER: Überschneidung mit Pessach-Fest → Verlegung auf 27. Nissan, um **Nähe zu Gedenken an andere jüdische Katastrophen** herzustellen; im Mai dann noch Feier des Unabhängigkeitstags
- **Ablauf:** Eröffnungszeremonie in **Yad Vashem** (internationale Holocaust-Gedenkstätte) in Jerusalem mit **Entzündung von sechs Fackeln** (Symbol für sechs Millionen ermordete Juden) → **Heulen der Sirenen** im gesamten Land am folgenden Morgen um zehn Uhr für zwei Minuten → Radio und Fernsehen: Übertragung der **Gedenkveranstaltung**, Beiträge über Holocaust
- seit 1988: „**Marsch der Lebenden**" von Juden aus aller Welt (und auch nichtjüdischen Delegationen) vom KZ Auschwitz zum Vernichtungslager Auschwitz-Birkenau als Akt des Erinnerns an Holocaust-Opfer und **Protest gegen Leugnung des Holocaust**
- teilweise **Übernahme des Gedenktags durch andere Staaten**, z. B. Verlesen der Namen aller Holocaust-Opfer Berlins durch **jüdische Gemeinde Berlins** am 3./4. Mai 2005

9. Mai in Russland

- „**Tag des Sieges**“ über Deutschland im Zweiten Weltkrieg (**bedingungslose Kapitulation Deutschlands** in Berlin-Karlshorst am 9. Mai 1945)
- 1946–1963: **noch kein offizieller Feiertag**, sondern Würdigung durch Leitartikel in Zeitungen, festliche Abendveranstaltungen und Salutschüsse in größeren Städten
- ab 1964: **große Feierlichkeiten**, die bis heute nahezu unverändert geblieben sind (**Paraden** von Armeeeinheiten und Kriegsveteranen auf dem Roten Platz in Moskau, **Gedenkreden** vor Lenin-Mausoleum, **Gedenkveranstaltungen und Kranzniederlegungen** im ganzen Land)
- in Sowjetzeiten **Mittel der kommunistischen Propaganda**, um Überlegenheit des Systems zu zeigen und **an eigene Opfer zu erinnern**; bis heute große Wertschätzung des Feiertags
- enorme Symbolkraft und feste Rituale des Feiertags **verhindern kritische Auseinandersetzung mit der eigenen Vergangenheit** (z. B. der brutalen Besetzung des Baltikums und Polens)
- nach **Zusammenbruch der Sowjetunion** bis 1995: Aussetzung bzw. **Unregelmäßigkeit der Feierlichkeiten** sowie **geschichtliche Aufarbeitung** der Kriegsgeschehnisse
- ab 2005: **unter Putin Instrumentalisierung des Gedenktages**, um an Einheit der Bevölkerung zu appellieren und gegenwärtiges System zu stabilisieren → Entfernung vom eigentlichen historischen Ereignis, stattdessen **Inszenierung des Tages als gesamtrussischen Nationalfeiertag**

4. Juli in den USA

- „**Independence Day**“ zur Erinnerung an die **Ratifizierung der Unabhängigkeitserklärung** der USA durch den Kontinentalkongress am 4. Juli 1776 (erstmalige Bezeichnung der dreizehn Kolonien als „Vereinigte Staaten von Amerika“) → Aufladung der Ereignisse mit besonderer Bedeutung; ABER: **rechtliche Entstehung** der USA erst durch die US-Verfassung 1787/89
- **Begehung des Jahrestags bereits seit 1777**, zunächst aber in eher kleinerem Umfang (z. B. Salutschüsse) → ab 1791: Verwendung der Bezeichnung „Independence Day“
- heutige **Feierlichkeiten: Picknicks**, Barbecues, **Paraden**, politische **Reden**, **Feuerwerke**, Konzerte, öffentliches **Hissen der US-Flagge**, Singen patriotischer Lieder wie der Nationalhymne „The Star-Spangled Banner“
- **hohe symbolische Bedeutung** von Nationalhymne, -flagge und -feiertag; absichtliche Durchführung gewisser Handlungen am 4. Juli, z. B. **Einbürgerungsveranstaltungen** für Immigranten

14. Juli in Frankreich

- **französischer Nationalfeiertag:** Erinnerung an **symbolischen Beginn der Französischen Revolution mit Sturm auf die Bastille** 1789 und an Föderationsfest 1790 (Zusammenkunft von Abgeordneten aller Départements und des Volkes) als **Symbol nationaler Versöhnung**
- 1880: **Einführung des Feiertags** per Gesetz
- Art der **Feierlichkeiten: Militärparade** auf der Avenue des Champs-Élysées in Paris, großes **Feuerwerk** in vielen französischen Städten, Ballveranstaltungen
- Frage, ob Erinnerung an Französische Revolution Anlass für Feiern ist: **Pro** (Verkündung der Menschen- und Bürgerrechte) ↔ **Kontra** (**Schreckensherrschaft** der Jakobiner) → zwar patriotische, pompöse Feier, aber Zelebrierung **kollektiver Werte** (Freiheit, Gleichheit, Brüderlichkeit)
- hitzige **Debatten zu Deutungsmonopol über Geschichte** → „Komitee der Wachsamkeit über den öffentlichen Gebrauch der Geschichte“: Entscheidung, an wen oder was auf welche Weise erinnert werden soll

11. August: Verfassungstag der Weimarer Republik

- **11. August = Nationalfeiertag der Weimarer Republik:** Erinnerung an die Unterzeichnung der Verfassung durch Reichspräsident Friedrich Ebert am 11. August 1919 → **„Verfassungstag"**
- 1921: Einführung auf Initiative der **„Weimarer Koalition"** (SPD, DDP, Zentrum) als „Nationalfeiertag des deutschen Volkes", der die Feiertage der Kaiserzeit (Kaisergeburtstag, Sedantag) ersetzen und das Zugehörigkeitsgefühl stärken soll → aber: **kein reichsweiter gesetzlicher Feiertag**, da Widerstand im Reichsrat → unterschiedliche Umsetzung in den einzelnen Ländern
- zuerst eher bescheidener Festakt, später u. a. Paraden und militärische Ehrenformationen, Volksfeste, Sportveranstaltungen, Tag der offenen Tür im Reichstag, Prägung von Münzen, Vergabe von Ehrenpreisen; große Feierlichkeiten zum 10-jährigen Verfassungsjubiläum1929
- 1922 anlässlich des Verfassungstags Erhebung des **„Lieds der Deutschen"** von August Heinrich Hoffmann von Fallersleben zur **Nationalhymne** → Ziel: Stärkung der Bindung an die Republik, ABER: Republiktreue berufen sich auf **„Einigkeit und Recht und Freiheit"** (3. Strophe), nationalistische Kräfte nutzen die Parole **„Deutschland, Deutschland über alles"** (1. Strophe)
- Wirkung/Rezeption des Nationalfeiertags:
  - zwar gewisse, auch zunehmende Begeisterung in der Bevölkerung für die „Verfassungsfeiern", ABER: **Zustimmung stark vom politisch-gesellschaftlichen Milieu abhängig** → kein integrativer Symbolwert des Feiertags für die Weimarer Demokratie, keine Schaffung kollektiver Identität, sondern vielmehr weiterer Ausdruck der **Spaltung der Gesellschaft**
  - Unterstützung des Verfassungstags durch **republiktreue Kräfte**, v. a. durch die Parteien der „Weimarer Koalition", das „Reichsbanner Schwarz-Rot-Gold" und deren Anhänger
  - Ablehnung des Verfassungstags durch **Konservative und Monarchisten**, die den 18. Januar (Erinnerung an die Gründung des Deutschen Reichs und die Kaiserproklamation Wilhelms I. in Versailles) als Nationalfeiertag wollen, sowie durch **Linke und Kommunisten**, die für den 1. Mai (Tag der Arbeit) und den 9. November (Novemberrevolution in Berlin) plädieren
  - Termin in der Ferienzeit, daher **zu wenig Beachtung in den Schulen** als Teil der demokratischen Erziehung, Lehrerschaft wie Professoren in ihrer Einstellung zur Republik gespalten

3. Oktober: Tag der Deutschen Einheit

- **Tag der Deutschen Einheit** = wichtigster gesamtdeutscher Feiertag → Feier der **friedlichen Revolution in der DDR** und der **Wiederherstellung der deutschen Einheit**
- Festlegung des 3. Oktober als gesetzlichen Feiertag in Artikel 2 des Einigungsvertrags → **einziger, durch Bundesrecht festgelegter gesetzlicher Feiertag** in Deutschland → Ablösung des Tags der Republik am **7. Oktober** in der **DDR** (Erinnerung an DDR-Gründung) und des Tags der deutschen Einheit am **17. Juni** in der **Bundesrepublik** (Erinnerung an DDR-Volksaufstand 1953)
- **Zielsetzung** des Feiertags: **Förderung des Zusammengehörigkeitsgefühls der Deutschen** nach Jahrzehnten der Trennung und **Festigung der staatlichen Einheit**
- jährlich wechselnde Organisation der **offiziellen Feierlichkeiten** durch ein anderes Bundesland → ökumenischer **Gottesdienst**, **Festakt** mit Empfang des Bundespräsidenten, **Bürgerfest** mit Informations- und Unterhaltungsprogramm
- zunächst Bestreben, Feiertag **möglichst zurückhaltend** zu begehen, um **Nachbarländer zu beruhigen**, die wiederaufkommenden deutschen Nationalismus befürchten:
  - Bezeichnung als „zentrale" statt „nationale" Feier → **sparsamer Einsatz nationaler Symbole**
  - Betonung von **Verfassungspatriotismus** (statt Hurrapatriotismus), **Föderalismus** (Veranstaltung nicht in Berlin, sondern in einer Landeshauptstadt) und **europäischem Gedanken**

- Einnehmen einer vergangenheitsbewussten Perspektive: **Holocaustgedächtnis** und Reflexion der deutschen Tätergeschichte haben festen Platz in Reden zum Tag der Deutschen Einheit
- **Nüchternheit** des Festaktes (und der Fernsehübertragung)

→ erst **ab 2001** langsame Abkehr von sparsamer Inszenierung und **größere Betonung von Emotionalität** durch verstärkte audiovisuelle Inszenierung

- **Kritik an Gestaltung** des Feiertags:
  - **Ausschluss der Bevölkerung** von offiziellem Festakt
  - 1993–2000 keine Ausrichtung der Einheitsfeier im Osten Deutschlands und keine ostdeutschen Redner bei Festakt → **Vorwurf einer westdeutschen Elitefeier**
- **Kritik an Wahl des 3. Oktober** als Nationalfeiertag:
  - fehlende Diskussion auf institutioneller Ebene und **undemokratischer Entstehungsprozess** bei Festlegung des Feiertags
  - Tag zwar nicht negativ besetzt, dafür nur **Erinnerung an bürokratisches Verfahren** zur Wiedervereinigung anstelle von Würdigung der Opposition und friedlichen Revolution in der DDR
  - weitgehender **Verzicht auf Symbolik** → Feiertag wenig emotional geprägt: eher **Staatsfeiertag** als Nationalfeiertag
- bis heute immer wieder **Alternativvorschläge für deutschen Nationalfeiertag:**
  - **9. Oktober** (erster Höhepunkt der friedlichen Revolution → **Würdigung des Beitrags der Ostdeutschen** zur Wiedervereinigung) → Ablehnung wegen fehlender Repräsentation der Westdeutschen, aber schrittweise Etablierung als **lokaler Feiertag**
  - **9. November** (Mauerfall) → Ablehnung wegen historischer und emotionaler **Überfrachtung des Datums** (Reichspogromnacht 1938), aber feierliche Begehung des Tags bei Gedenkveranstaltungen, bei denen der **Fokus** vermehrt **auf der Bürgerrechtsbewegung** der DDR liegt

9. November

- **„Schicksalstag"** in der deutschen Geschichte (**Begriff** jedoch **umstritten**, da er rationales Handeln von Menschen und deren Verantwortung für Geschehnisse verschleiert):
  - 1848: **Erschießung des Paulskirchenabgeordneten Robert Blum** durch die Truppen der Gegenrevolution in Wien
  - 1918: Ausrufung der **ersten deutschen Republik** im Zuge der Novemberrevolution
  - 1923: gescheiterter **Hitler-Putsch** in München
  - 1938: **Reichspogrom gegen die jüdische Bevölkerung** im Nationalsozialismus
  - 1989: **Fall der Berliner Mauer**

→ Tag als **Symbol für Hoffnungen** der Deutschen, aber auch für **Weg in Diktatur und Verbrechen** → heutzutage Zusammenfallen von Gedenk- und Feierstunde: teilweise emotionalere und öffentlichkeitswirksamere Feierlichkeiten als am 3. Oktober

- 9. November 1923 **im Nationalsozialismus** als zentraler Bezugspunkt für Mythen- und Traditionsbildung: **Verklärung durch Propaganda** und Inszenierung von Gedenkfeiern für die beim Putschversuch gestorbenen Nationalsozialisten („Blutzeugen der Bewegung")
- 2009: Aufruf der Kultusministerkonferenz zu **Projekttag in Schulen** → Auseinandersetzung mit den Themen Mut und Zivilcourage sowie mit Demokratie und Diktatur
- Gründe für **Kritik an Wahl des Tages als Gedenktag:**
  - mythenbeladene **Inszenierung von vermeintlichen Kontinuitäten** der deutschen Geschichte („Märchen mit Happy End")
  - **Verstellung des Blicks auf andere bedeutsame Wendepunkte** der Geschichte
  - Inszenierung als **„Schicksalstag" ist Erfindung der Nationalsozialisten**